Erich Möchel

SCHLACHT-
PLÄNE

Erich Möchel

Homburg 26.8.88

Alle Rechte vorbehalten

© 1988 by
ÖBV-Klett-Cotta Verlagsges.m.b.H.
Wien I., Hohenstaufengasse 5

Fotomechanische Wiedergabe nur mit Genehmigung des Verlages

ISBN 3-7047-1010-5

Printed in Austria

Satz: Bernhard Computertext

Druck: Novographic, Wien

Einbandgestaltung: Stefan Riedl

Für Otti Müller

I

Was ist das. – Was – ist das... Deifl, na die Dreifaltigkeit, der Heilige Geist. Vater, bitte!

Der kleine Helmut wandte sich halb um und blickte seinen Großvater, auf dessen Schoß er saß, auskunftheischend an; sie blätterten im Kinderkatechismus und waren wieder einmal auf Golgatha angelangt, wo sie gern ein wenig verweilten. Besonders die Schädelknochen, vom Künstler gerecht unter den drei Kreuzen verteilt, hatten es dem Kleinen angetan, und er wurde nicht müde, die Szene zu betrachten. Kleine Schmerzlaute – Großvater und Enkel stießen sie abwechselnd aus – begleiteten diese Erziehungstätigkeit. Die dürren Oberschenkel des Vortragenden und der magere Hintern des Kleinen machten häufig Stellungswechsel nötig, die im Rhythmus von *au* und *weh* vor sich gingen. Mit derselben Geduld, die er zur Auslegung des Katechismus aufbrachte (denn er hielt nicht viel von ›diesen Dingen‹), ertrug Großvater Gustav das Herumgerutsche, wie es auch sein eigener Vater geduldig ertragen hatte, der von ›diesen Dingen‹ ebensowenig gehalten hatte. Die überkommene Sitzposition war die einzig angemessene, ja die einzig mögliche; ebenso selbstverständlich setzte er ein angeborenes, wenn nicht gottgegebenes Interesse des Kindes an den erwähnten ›Dingen‹ voraus. So knarrte sein Bariton das Leitmotiv in kurzen, abgehackten Sätzen, die er mit langen *aa* als Zäsuren versah und mit den Wehlauten kontrapunktierte. Hinzu kamen Rutschgeräusche, raschelndes Blättern, die vom atmenden *pfft* des Spritzfläschchens und einem zwiefachen Schnauben des Bü-

geleisens, wenn es die feuchte Wäsche berührte, begleitet wurden.
Die Nebenfiguren der Golgatha-Gruppe waren abgehandelt, die Exegese erreichte einen kritischen Punkt. Es waren wohl die veränderte Intonation des Baritons und die routinierte Wachsamkeit einer besorgten Mutter — jedenfalls blickte sie vom Bügelbrett auf, und ein peitschender Schnaubton erstickte das blasphemische Wort schon im Ansatz; sie wußte, daß die Duldung einer einzigen Frivolität den Weg für weitere geebnet hätte.

Solche Stimmungen, die den Großvater mit den Jahren immer häufiger befielen, hätte man für Vorboten einer Greisenboshaftigkeit halten können, doch im Grunde war Gustav Mayrhofer ein friedfertiger, ein gutmütiger Mensch.
Er war ein Tierarzt der ›alten Schule‹, wie es jedermann außer ihm selbst behauptete; allein der Begriff ›alte Schule‹ hätte das Vorhandensein einer neuen Schule der Veterinärmedizin vorausgesetzt, deren Existenz Dr. Mayrhofer vehement bestritt. Dabei war er keineswegs ein Feind des Fortschritts, im Gegenteil! Neuentwickelte Medikamente hatte er zumeist schon getestet, bevor die meisten Kollegen den Namen des betreffenden Präparats korrekt auszusprechen, geschweige denn zu schreiben vermochten. ›Die Mittel werden besser, aber Schweinepest bleibt Schweinepest, und die Maul- und Klauenseuche befällt immer noch die Cavicornia, nie aber den Gallus domesticus.‹ Für diese klaren Worte war ihm der Beifall aller Traditionalisten auf der Veterinärstagung 1952 sicher gewesen.
Seine Praxis, die im Erdgeschoß des eigenen Wohnhauses untergebracht war, lag an der Peripherie, wo Vorort und Dorf noch so vieles gemeinsam hatten, daß auch erfahrenen Stadtplanern die Entscheidung, ob sie sich noch im Weichbild oder schon jenseits der Stadtgrenze befänden, schwergefallen wäre. Der Doktor hatte vornehmlich mit Hornvieh zu tun, aber auch mit Pferden, Hunden, Schafen und dann und

wann mit einer Ziege. Schoßhunde, Katzen und kleineres Viehzeug fielen seiner unbedingten Ablehnung anheim, und bisweilen sprach er mit offener Verachtung über gewisse Kollegen aus der Innenstadt, in deren Praxen Kanarienvögel oder gar Reptilien behandelt wurden. Er sei Tierarzt und kein Zirkusdoktor wie jene, die den Hippopotamischen Eid geleistet hätten, höhnte er und erging sich in bissigen Reden über den Niedergang der Tierhaltung in unseren Breiten, über die Behandlungswürdigkeit bestimmten Viehzeugs, das dem Halter keinerlei praktischen Nutzen biete, und die zweifelhafte Stellung des Haushuhns, das gemeinhin völlig überschätzt werde. Die Zäsur- und Nachdenk-*aa* erlebten im Verlauf seiner Rede eine bemerkenswerte Veränderung: mehr und mehr wurden sie kurzen *Ha* verstümmelt, den Bühnen-*Ha* von Vorstadttragödien. Je mehr der Doktor in Rage geriet, desto häufiger verschmolzen diese Laute mit dem darauffolgenden Wort. Die Tiraden — denn so, wie gesunde zu bösartigen Zellen entarten können, wurde aus einem Mayrhoferschen Sermon eine Tirade — beschloß er zumeist mit einer haßgetränkten Episode, wie etwa der folgenden: Nie und nimmer könnte man ihn dazu bringen, einen Zwergterrier auch nur zu berühren, ein Tierarzt sei kein Hrattenarzt, und diese fette Kuh mit ihrem fetten Vieh, ha, beide mit gleichfarbigen Schleifchen im Fell, da ist sie an den Richtungen geraten. Die habe er hinausgeschmissen, hachtkantig! Das war des Doktors Amen, aus Ingrimm mehr bekeucht oder beröchelt als behaucht, und es folgten nun Stunden, in welchen er ungefährdet eine Tierhandlung hätte betreten können, um seinem Enkel die Meerschweinchen zu zeigen.

Dr. Mayrhofer behandelte das erste und einzige Enkelkind (obwohl sich Helmut vom Christkind ein Schwesterchen gewünscht hatte) nach überliefertem Zeremoniell. Die Babyjahre des Thronfolgers wurden aufmerksam, aber mit der gebotenen Zurückhaltung verfolgt — mehr als ein gelegentliches *Guckguck* oder *Woisserdenn* war nicht gestattet, zum Wiegenfest ein kratziger Kuß, der mit einem vorsichtigen

Busserl entgolten werden mußte. Erst ab dem dritten Lebensjahr ziemte es sich, den Enkel regelmäßig auf die Oberschenkel zu nehmen, und mit dem vierten begann die Vorschule des Kinderkatechismus.
Zu jener Zeit war der Doktor in seinem sechsten Witwerjahr, denn Frau Antonie, die gute Seele des Haushalts, war noch vor der Zeugung des Kleinen heimgegangen. Nicht mehr denn ein Sausen elektrischer Motoren und das leise Schlürfen großer Reifen war in der Luft gelegen, als sie, an einem Sonntag im Frühling, Opfer des modernen Verkehrs wurde.
›Und sie hätte so gern ein Enkerl gehabt‹, sagte Franziska ein ums andere Mal, wenn die Rede davon war, während Gatte und Vater beipflichtend nickten. Tatsächlich war Frau Antonie an jenem Nachmittag in die Stadt gegangen, um sich über das Neueste an Babybekleidung zu informieren. Das Jahr 1955 hätte nämlich als Jahr der Freude in die Familienchronik eingehen sollen, denn nach einer Anzahl durchwegs belangloser Bekanntschaften hatte Franziska erstmals einen Verehrer, den man mit Fug als solchen bezeichnen konnte; einen auf den berüchtigten ersten Blick bemerkenswert unauffälligen jungen Mann mit sicherer Stellung. Betrachtete man ihn genauer, fiel auf, daß sein blondes Haar von einer eigentümlichen Tönung war, wie man sie allenfalls bei einer bestimmten britischen Hunderasse findet (das behauptete zumindest der Doktor): ein jähes Semmelblond.
Vorn habens einen weißen Fleck, meistens.
Wer denn?
Na, die Hund.
Welche Hund?
Wenns mir nicht einfallen, die englischen!
Gustl, laß bitte das Mädl gehn!
Wern mir schon einfallen.
Das Augenblau Karls, denn so hieß er, wies eine noch eindrucksvollere Abweichung von Gewohntem oder täglich Gesehenem auf, die den Doktor veranlaßte, sein veterinärmedizinisches Wissen nach Analogien zu dem ihm geläufigen

Tierreich zu durchkämmen, vergeblich. So nahm er mit Anorganischem vorlieb und kam auf einen Baggersee, der in den ersten Monaten seiner Existenz wasserhell und steril in die Landschaft leuchtet und mit den Jahren immer mehr nachdunkelt. Karls Augenfarbe entsprach tatsächlich dem schlammigen Blaugrün eines jener am Ostrand der Stadt gelegenen Teiche, die, Tiefgang und Leben vortäuschend, ihren schottrigen Untergrund mit Algen verschleierten.

Im Jahr 1947 war Karl, dessen Bedürfnis nach Abenteuern der Krieg so reichlich gestillt hatte, Angestellter am Magistrat geworden. Dieser Glücksfall in schlechter Zeit kam durch Karls Umsichtigkeit und Genauigkeit zustande, den Ausschlag gab allerdings der kluge Einsatz des Ererbten. Dabei handelte sichs um eine große Zahl in Ölpapier verpackter Konserven, die ihm vom Vater hinterlassen worden waren. Ein Wunder, daß sie den Krieg heil überstanden hatten.

Auf den Einmarsch des Führers hatte Karl senior auf seine Weise geantwortet und ›in Eigenregie‹ zwei Kalbinnen zu einem Corned Beef verarbeitet, das jedem Vergleich mit dem argentinischen standhielt. Dem Fleischhauer war eine aufwendige, aber überaus zuverlässige Konservierungsmethode bekannt, die eine schier unbegrenzte Haltbarkeit versprach (sein Geheimnis nahm er mit ins Grab, denn der Sohn konnte sich später an den genauen Ablauf der Prozedur nicht mehr erinnern). Unter Mithilfe der Buben Karl und Franz, zwölf Jahre der eine, vierzehn der andere, arbeitete man vor allem nachts und stapelte die fertigen Dosen, nachdem sie sorgfältig eingeölt waren, in einem Verschlag unter der Treppe. Auf die sich mit Fortdauer des Weltkriegs häufenden Anfragen der Gattin bezüglich des Verwendungszwecks der Konserven gab Karl père immer die gleiche Antwort. Gottlob habe er früh genug erkannt, was mit diesem Hitler ins Haus stehe und die notwendigen Schritte unternommen, den Söhnen ihr Erbe zu sichern. Die Zeiten danach seien immer die schlimmsten, und wer schon jetzt gedächte — etwa den Judaslohn ei-

nes Schwarzmarktertrags vor Augen — Hand an die Dosen zu legen, der bekäme es mit *ihm* zu tun. Seine Söhne sollten dereinst in der Lage sein, die Schwiegermütter selbst auszusuchen. Nach diesen Worten wandte er sich gewöhnlich den Fleischknochen zu, die er nach derlei Auseinandersetzungen besonders energisch in Stücke hackte.
Der Inhalt keiner der fünf zur Stichprobe geöffneten Dosen war verdorben (gesegnete Hand des Vaters!), und der Personalvertretungsobmannstellvertreter Ruhpoldinger erkannte infolgedessen Karl Meiers Eignung für den magistratischen Dienst am Bürger. Die Frage nach seiner Parteizugehörigkeit hatte Karl schon vorab beantwortet und, selbstverständlich, den Durchschlag der Beitrittserklärung mitgebracht.
Mit dieser alchymischen Hochzeit von Karl und Amt, Konserven, Partei und Gewerkschaft hatte eine Laufbahn begonnen, deren erste Jahre vom gleichmäßigen amtsüblichen Aufstieg geprägt waren, bis hin zur höheren Weihe der Pragmatisierung. Nichts Aufregenderes als Dienstprüfungen passierte, seltene Revisionen, und die Gelassenheit der Behörde verband sich mit Karls natürlichem Phlegma; eine glückbringende Symbiose, wie sich herausstellen wird.

II

Karl und Franziska waren im Spätwinter des Jahres 1955 aufeinandergetroffen. Er trug die Uniform eines Admirals, und sie zeigte im Zigeunerkostüm gerade soviel wie damals schon erlaubt war. Während er Grund zur Fröhlichkeit hatte – wieder war eine jener den Alltag unangenehm unterbrechenden Dienstprüfungen überstanden –, fußte ihre Ausgelassenheit auf einem Willensentscheid: sie hatte beschlossen, ›sich einmal richtig zu amüsieren‹, ob es nun lustig werde oder nicht. Der Maskenball der Magistratsangestellten, die als besonderer Menschenschlag galten, stand seit Jahren in dem Ruf, *das Ereignis der Ballsaison zu sein*. Auch Karl hatte sich erst daran gewöhnen müssen, daß manche, denen er vorgestellt wurde, ihm nach Angabe seiner Tätigkeit plötzlich zuzwinkerten, in *oho* ausbrachen oder ihm gar auf die Schulter klopften. Auch ein verkaterter Beamter, der die Parteien anschrie und ein saugrobes Verhalten an den Tag legte, konnte die Öffentlichkeit nicht darüber hinwegtäuschen, daß er im Grunde ein umgänglicher Mensch war; ein munterer Schaltergeselle, dem an normalen Tagen die ›Gnä Frau‹ nur so von den Lippen sprudelte und der gerade heute seinen schlechten Tag habe. Besondere Menschen sind eben auch nur Menschen. Dieser einmal erlangte Ruf erwies sich als schier unzerstörbar. Der Ball war auch dieses Jahr sehr gut besucht, und in den Bars, die aufwendig ausgestattet selbacht die Galerie säumten, herrschte ein Gedränge wie in den Amtsräumen an einem Montagmorgen zu Monatsbeginn. Das Veranstalterkomitee hatte ›Büro, Büro‹ zum Motto gewählt, und daher waren die Bars nach den diversen Abteilungen des Magistrats benannt. Sie hießen *Brückenbau und Grundbau, Standes-*

amtliche Anmeldungen, Öffentliche Beleuchtung, Jugendamt; die letzte der Bars, die man durchqueren mußte, wenn man die Toilette aufsuchen wollte, trug die Aufschrift *Kanalisations- und Entsorgungsbetriebe.* Das Amt war seinem Ruf als Heimstätte volkstümlichen Humors wieder einmal gerecht geworden.

In der Brückenbau-Bar hatte sich Karl einer Gruppe trinklustiger Kollegen aus seiner Abteilung, dem für Kriegsversehrte und Behinderte zuständigen Amtsteil, beigesellt. Lebhaft wurde die Zweckmäßigkeit der Einführung neuer Formulare zur Erfassung des Grades an Behinderung, den die verschiedenen Arten von Beinamputationen hervorrufen, diskutiert. Zwei Gruppen, nämlich Befürworter und Gegner der Reform, bildeten sich und ein Slowfox lag in der Luft, als Franziska die Bar betrat. Sie drang, von den Disputanten noch nicht zur Kenntnis genommen, zur Bar vor, um ihre Bestellung einem Barmann zu übermitteln, der mit Ärmelschoner, Blendschutz und Schreibfeder (hinterm Ohr) angetan war. Er aber verwies sie höflich an einen Stapel Formulare, reichte die Feder dazu. Die Karte war in einem geschliffenen Deutsch, dessen nur altgediente Beamte fähig sind, abgefaßt und vermittels Spiritus unzählige Male abgezogen worden. Sie kreuzte an *Whisky, doppelt, Soda,* und in die Spalte *Anz. d. gew. Eiswrfl. resp. Angabe d. Quant. in cm^3* malte sie eine saubere *4* und die Abkürzung *Stk.*

Bevor sie noch einen Schluck aus dem Glas nehmen konnte, wurde sie — »Darf ich bitten« — vom ersten der Fachsimpelei Überdrüssigen zum Tanz gebeten. Kaum zurückgekehrt, wurde sie erneut abgeführt, Fritz Gerstl gab die Zigeunerin an seinen Kollegen Jelinek weiter, der sie erst an ihren Platz zurückbrachte, als sie energisch genug auf einer Tanzpause bestand.

Karl hatte sich derweil im Schutze einer kleinen Gruppe gehalten, die großteils aus Beamten der Sub-Abteilung bestand, welcher er in wenigen Wochen vorstehen würde. Er trank zügig, denn er feierte.

Prost!
Auf die Zwölferprüfung!
Zwölf A oder B?
B daweil noch.
Wird schon werden.
Kommt Zeit, kommt A.
Prosit, meine Herrn!
Das kam vom Amtsdirektor Falk, der ebenso schnell wie er aufgetaucht auch wieder verschwunden war, ein leichtfüßiger Chinese mit spitzem Hut. Befreites Lachen bei allen, nur Fritz Gerstl schien die Überraschung in die Glieder gefahren zu sein, er nahm seine Brille ab, beleckte sie mit der Zunge und begann sie umständlich zu putzen; an seinen Bewegungen war der Grad seiner Bestürzung zu erkennen. Karl war dies nicht entgangen, denn er hatte ohnehin vorgehabt, das kleine Häuflein seiner künftigen Untergebenen aufmerksam zu beobachten, um so bald wie möglich die Grundstimmung, die von Abteilung zu Abteilung völlig verschieden war, auszuloten. Doch auch Franziska war ihm nicht entgangen, und er wartete geduldig, bis sich ihre Körperhitzen augenscheinlich verflüchtigt hatten und bis der Whisky, den die Durstige so hastig hinabgestürzt, daß sie beinah vier Stück Eiswürfelreste verschluckt hätte, seine Wirkung zu tun begann. Da erbot er sich, sie zum Tanz zu führen, sie an einen Tisch zurückzubegleiten, oder mit ihre eine der anderen Bars zu besuchen, er stehe für jede Schandtat zur Verfügung. Er war selbst überrascht, denn er hatte die Worte ohne zu denken hingesagt, jemand anderer hatte mit seiner Stimme gesprochen, ein Draufgänger.
Es ging gegen elf, und Franziska hatte sich noch nicht genug amüsiert − bei weitem nicht − ein Kopfneigen hieß Zustimmung. Gleich im benachbarten Jugendamt ließen sich die beiden auf Hockern nieder. Schon im Namen der Bar schwang etwas Ungestümes, Zu-Streichen-Aufgelegtes mit einem Ruch von Gesetzesübertretung, jugendlicher Delinquenz mit, und auch die Bedienung, es handelte sich natür-

lich nicht um Magistratsangestellte, sondern um gemietetes Personal, war gutgelaunt, ja keck. Ob die Herrschaften in Angelegenheit des eigenen Nachwuchses erschienen wären, wurde gefragt, oder ob sie selbst noch in den Zuständigkeitsbereich des Jugendamtes fielen. Franziska errötete merklich (hold, aber pro forma), Karl beschäftigte sich schon mit dem Formular. Angesichts der verwirrenden Anzahl von Mixgetränken nahm man Whisky, um sich keine Blöße zu geben. Die Gläser klackten zu einem ersten Prost aneinander.

Ein junger Mann, Karl kannte das Milchgesicht flüchtig, welches der Schwesterbehörde, nämlich dem Meldeamt, angehörte, hatte die Gunst der Minute genützt, um einen Bogen hastig zu bekrakeln und das Getränk nach Erhalt ebenso hastig hinunterzustürzen. Mehrere Bögen, schon zuvor mit Zeichen bekritzelt, die kaum noch Ähnlichkeit mit lateinischen Buchstaben, mit Buchstaben überhaupt, aufwiesen, legten den Schluß nahe, daß sich der Bursch dieser stillen, aber heftigen Trinkerei schon seit einiger Zeit gewidmet hatte. Bisweilen blickte er vom Glase auf und nickte Karl ermunternd zu.

Plötzlich war es geschehen.

Wieder hatte der Bursch seinen Kopf gewandt, der Oberkörper wollte in die Bewegung einfallen, doch die Gesichtsmuskulatur vermochte den angestrebten Ausdruck nicht stabil zu halten, das Grinsen verkam zur Fratze. Die Pupillen stürzten zur Nasenwurzel ab, ein brüllendes Speien, Würgen und Glucksen. Da hatte man den Thunfischsalat in einer scharfen Marinade aus Magensäure und Schnaps auf nacktem Bein und Admiralsschuhwerk, an Kleid und Uniform.

Im Laufschritt eilten sie an erstaunten Masken vorbei, durch die Kanalisationsbar in die Toiletten. Dort, im Vorraum, säuberte man einander, so gut es ging.

Glücklicherweise war ein Riechfläschchen zur Hand, das anstelle von Riechsalz normales Eau de Cologne enthielt (Franziska nahm es mit den Bezeichnungen sehr genau), und ein ungleicher Kampf entbrannte. Hie Duftwasser von Johann

Farina, dort Destillat aus dem Hause Eristoff und Magensäure, doppelt scharf durch vorangegangenen Dienstärger, der vermutlich auch Grund für die desperate Trinkerei des Meldeamts-Angestellten war; dritter in dieser Entente war ein besonders lästiger Gegner: angedauter Thunfisch. Wiederholte Gaben aus dem Fläschchen brachten schließlich den Umschwung, Fürst Eristoff kapitulierte, und der Auswurf war so gut wie besiegt, wenn auch der Fisch aus dem Hinterhalt einen tückischen Kampf führte, der immer wieder grauenhafte Geruchsmischungen hervorrief.
Eine Schweinerei.
Typisch Meldeamt.
Wieso?
Nicht einmal saufen könnens richtig.
Mit der Ruhe auf der Geruchsebene kehrte auch die Gelassenheit im Zwischenmenschlichen wieder, immerhin war man einander nahegekommen, der Ton wurde vertraulicher – gemeinsam Erlebtes verbindet eben. Die beiden setzten ein zweites Mal an, sich zu vergnügen, da brach Franziskas Stöckel. An eine Reparatur an Ort und Stelle war nicht zu denken, und die Zigeunerin wurde noch stilechter, sie ging barfüßig. Ein Tanzversuch mußte nach wenigen Umdrehungen beendet werden, zu sehr war die Sicherheit Franziskas feingliedriger Zehen (mit denen sie etwa Bleistifte mühelos greifen konnte) gefährdet. Was also blieb, als wiederum die Brückenbau-Bar aufzusuchen, woselbst Karl eine recht angetrunkene Kollegenschaft vorfand.
Ein Streit, der als Fachgespräch begonnen hatte, war in seinem Entstehungsstadium. Mit Anekdoten habe wieder einmal alles begonnen, faßte Karls Schreibtischnachbar die Vorgeschichte kurz zusammen. Wie immer habe Kollege Knasmüller vom Standesamt die beste erzählt, einfach unschlagbar, Mann wird Witwer und heiratet seine eigene Schwiegermutter, na und erzählen könne der Knasmüller wie kein zweiter. Noch dazu sei das wirklich so ähnlich passiert. Also, nach dem anzutreten, ein Himmelfahrtskommando,

und die ewigen Streithähne Jelinek und Gerstl seien mit ihren Beiträgen völlig untergegangen, obwohl sich Gerstls Geschichte mit dem Rollstuhl an anderer Stelle gut gemacht hätte, ditto die Erzählung vom Jelinek (Kommt einer zu mir mit die drei Punkte, ich frag' ihn, ›Ihr Name bitte‹, ›Sehfehlner‹, ›Ich hab' nach dem Namen gefragt‹ etc.).
Jelinek war über die mangelnde Resonanz erbost. Er, von dem die Fama wußte, daß er letzten Herbst einen Kurs in Rhetorik an der Volkshochschule absolviert habe, wollte nun sein Mütchen an Gerstl kühlen, denn mit Knasmüller wagte er keinen Strauß. Fritz Gerstl war ein ruhiger, aber zur Halsstarrigkeit neigender Mensch, besonders wenn seine fachlichen Qualitäten in Frage gestellt wurden. Dann war es um seine Reserviertheit geschehen.
Mittlerweile hatten sich die Stimmen erhoben, und die Tonlage wechselte von sachlichem Eifer zur Entrüstung. Natürlich ging es wieder um die Amputationen, um Sprungbein, Schienbein, Prozentzahlen, und zur Überraschung aller drängte Jelinek den Gegner mehr und mehr zurück, der bald zum letzten Mittel greifen mußte und jeden Angriff nur noch mit einem ›Na und?‹ abwehren konnte. Erste Gemeinheiten mischten sich unter die Suggestivfragen des Revidenten Jelinek, der nun mit Beinarbeit ans Ziel kommen wollte und seine Argumente mit einem Stampfen seines eisenbeschlagenen Absatzes begleitete. Von Karls innerem Auge erstand eine Filmszene mit Dolores del Rio in einem bauschigen Rock, als Jelinek zurücktrat und, zu einem letzten Angriff ansetzend, erneut mit dem Bein ausholte.
Franziska!
Spitz stand der Schrei im Raum.
Karl schob den Verursacher, der von hilflosen Entschuldigungen überquoll, einfach beiseite, Platz für den Mann der Tat! Als Absolvent eines Kurses in Erster Hilfe – gepriesen sei die zweite Dienstprüfung! – machte er sich an die Untersuchung des lädierten Fußes. Nichts war gebrochen, doch auf dem Fußrücken machte sich eine häßliche Rißquetsch-

wunde breit, schwoll in Sekundenschnelle an und blühte vor den Augen der Umstehenden (›die Arme‹, ›Pianistinnenfüßchen‹ etc.) förmlich auf. Jelinek war ein Bild der Zerknirschung und schickte sich an, die Wunde mit Schnaps zu säubern, woran er mit Nachdruck gehindert wurde. Sinds verrückt? Da gibts sicher ein Jod. Vielleicht willst es auch noch ausbrennen, Kollege, so macht mans im Wilden Westen. Gerstl hatte natürlich Oberwasser. Weil Franziska auch jede Atzung aus der dargebotenen Schnapsflasche ablehnte, vermeinte Jelinek die ultima ratio zweiter Hilfe im Zerreißen seiner Diplomatenschärpe gefunden zu haben, doch da erschien Karl mit Jod und Verbandpäckchen. Nach der Verarztung meinte Franziska, daß für heute genug geschehen sei, sie wolle nach Hause, zumal auch das Riechfläschchen leer war. Karls Hand geleitete die Humpelnde zu einem Taxi, und zu allem Überfluß begann es auch noch zu regnen. Karls Vorschlag, als Schirmträger eine unbenetzte Heimkehr zu gewährleisten, wurde angenommen, und gemeinsam glitten sie durch die nächtlichen Straßen bis zu des Doktors Haus. Es war drei Uhr früh, und Karl war schon mehr denn ein einfacher Bekannter, nämlich Leidensgefährte, Retter und Begleiter. Ein inniger Kuß abseits der Laternen, im Schatten des Haustors, wo die Umrisse der Körper verschwimmen, dann riß sie sich los.

III

Was ist denn, Franzi?
Stell dir vor, Meier heißt er.
Na und?
Meier mit *e* und *i.*
Jetzt versteh ich dich nicht.
Ich kann doch nicht Meier heißen! Und zu blond ist er auch.
Aber geh.
Karls ungewöhnliches Semmelblond (böse Zungen hatten nicht erst einmal den Verdacht ausgesprochen, es sei gefärbt) floß so regelmäßig um seinen Kopf, in leichten Wellen, daß es in all seiner Natürlichkeit unecht wirkte, so wie perfekt sitzende Perücken erst recht auffallen.
Hätte er wenigstens Thomas und Christian geheißen, ja sogar Ausgefallenes wie Gotthold (also Leberecht nicht!) hätte Franziska in Kauf genommen, aber Meier und Karl, das war übertrieben, ein Unmaß an Mittelmaß! ›Frau Meier hol a paar Eier!‹, hatte sie mit den Nachbarskindern der Frau des Kohlenhändlers nachgerufen, aber die hatte sich anders geschrieben, mit Ypsilon.
Nicht, daß sie Karl nicht gemocht hätte, im Gegenteil! Ihre Zuneigung wuchs mit jedem Tag, Karl war still, aber energisch. Wie entschlossen er ihr an jenem Abend in die Damentoilette gefolgt war! ›Zu jeder Schandtat bereit‹, daraus sprach Erfahrung, und wie er den Deppen mit den genagelten Absätzen beiseite gestoßen hatte! Da hatte sie ihr Herz schon teilweise verschenkt. Fast jeden Tag der beiden vergangenen Wochen hatte Karl mit einem Blumenstrauß geschmückt, und nach seiner gestrigen Aufwartung wußte man auch über

seine ernsten Absichten Bescheid.
Franziska seufzte. Ihre Auflehnung gegen ein Schicksal, das sich glückverheißend und doch bedrohlich in der Ferne abzeichnete, war ihr selbst unerklärlich, es handelte sich um einen Aufstand des Inneren, der so plötzlich losgebrochen war wie ein Krieg bei den Negern, da half auch kein Grübeln: natürlich wollte sie Karl, auch heiraten, aber Meier, nein! Karl war stattlich, solide, warmherzig vielleicht auch, ein Mann eben, wie sie ihn ersehnt hatte, wenn sie in den heißen Nächten des letzten Sommers wach gelegen war − so einem wollte sie sich anvertrauen. Ebendiese Vorstellung, sich selbst zu verschenken, alles, was sie besaß, machte ihr Angst. All das Warten zu Ende, wofür? Um für immer Frau Meier zu heißen? Ende des Wartens, Ende der Romanzen, die nie stattgefunden hatten, Ende der Vorfreude, Schluß, aus? Schon mehrmals in den vergangenen Tagen hatten solche Gedanken sie den Tränen nahegebracht, und sie schürzte die Unterlippe, die zitternde, während die Augen schon schwammen. Ihr Vater blickte sie seinerseits feuchten Auges an, denn dieses Unterlippenbeben, das sie schon als Kind stets in die Gunst väterlicher Tröstung hatte kommen lassen, rührte ihn mächtig. Er nahm sie in die Arme und suchte nach einem passenden Auftakt, denn es war klar, daß nun eine Aussprache zu folgen habe.
Frau Antonie hatte diese Szene stumm strickend aus dem Lehnstuhl verfolgt, mehrmals den Kopf bedächtig geschüttelt und wiederholt ihr *hm hmhmhmhmm* von sich gegeben, das sie zur Unterstützung eines längeren Gedankenganges gewöhnlich äußerte. Frau Mayrhofer gehörte zu den wenigen Menschen, bei denen man mit Sicherheit feststellen konnte, wann sie dachten, wenn auch das Woran im dunkeln blieb. Es war, als käme das Brummgeräusch gar nicht aus ihrer Kehle, sondern von oben, wo die Gedanken ihre Bahnen zogen, wenn ein schwieriges Problem zu bewältigen war. So hielt sich Frau Antonie im Hintergrund, als wüßte sie, daß schon ein Schatten des Todes auf sie gefallen war und der Le-

bensweg, den sie mit Gustl gemeinsam entlanggewandert, in wenigen Tagen an jener Kreuzung zu Ende gehen sollte, die ein O-Bus-Lenker zu spät für eine Bremsung überblicken würde.

Kein Meier ist wie der andere.

Mit dieser Prämisse begann der Doktor, aus dessen Augen die Rührung wieder verschwunden war, seinen Sermon mit dem Ziel, der Tochter das Unsinnige ihrer Annahme ein für alle Mal klarzulegen. So hob er denn an, nicht vergessend auf die Regeln des Kontrapunkts, und fragte scheinheilig, ob etwa die geringe Zahl an Silben oder die Alltäglichkeit des Namens Meier sie beängstigte? Schon hatte er das Telephonbuch zur Hand, mit dem er den Nachweis erbrachte, daß es zwar siebzehn Fernsprechteilnehmer namens Meier gäbe, andererseits gut einhundert Mayrhofer existierten, mit *a* und einem Ypsilon ohne *e,* die da in Reih und Glied aufgelistet waren. Er selbst, meinte der Doktor, schätze sich glücklich, der einzige Gustav dabei zu sein. Wie eine einfache Rechnung beweise, sei Franziska Meier sechsmal exklusiver als Franziska Mayrhofer. Soviel zum mathematischen Aspekt. Geräusper, ein Schluck aus dem Weinglas.

Was die Schreibweise beträfe, so könne man mit Fug von einer Mystifikation sprechen, der wie so viele auch sie erlegen sei. Die Annahme, ein jeder, dessen Name so ähnlich wie Meier klinge, wäre auch tatsächlich einer und schriebe sich aus Marotte oder mangelnder Beherrschung des Alphabets anders, sei schlichtweg falsch. Meyer würden wegen ihres Ypsilons zwischen den *e* vielfach als Exzentriker angesehen, obwohl sie im benachbarten Ausland eine der stärksten Gruppen dieser Scheinfamilie darstellten. Diese Tatsache könne er aus seiner Zeit im Feld belegen, in manchen Kompanien habe es Meyer I bis Meyer IV gegeben.

Längst hatte Franziskas Unterlippe aufgehört zu zittern, und auch das Klappern der Stricknadeln, welches den Vortrag mit passenden Crescendi und Decrescendi mehr kommentiert als begleitet hatte, verstummte nun.

Der Doktor ergriff eine der stinkigen Virginier-Zigarren, von denen er pro Tag genau fünf Stück zu rauchen pflegte, setzte sie in Brand und fügte noch einen boshaften Schlußakkord (tutti!) ins Ganze, indem er Franziska fragte, ob sie etwa vorzöge, statt Meier Piffl-Percevic zu heißen?
Eine lange Pause (ein Element vorzüglicher Wichtigkeit) folgte, die nur von den Schmatzgeräuschen des Doktors, wenn er an der Zigarre sog, durchbrochen wurde, denn die Schule der Dialektik fragt nur rhetorisch und hat immer das letzte Wort. Dann aber setzten melodisch die Stricknadeln ein, anerkennendes Brummen, Antonie liebte es, wenn ihr Mann energisch wurde, der Mann hatte voranzugehen, während die Frau dafür sorgen mußte, daß er vom Weg nicht abirrte. Die gewöhnliche Tratscherei der Nachbarinnen und Bekannten über die Männer — der eine saufe, der andere treibe sich nachts herum, bestimmt habe er andere Weiber, ein Huber sei drauf und dran, Haus und Hof zu verspielen — ließ sie kalt. Nicht ein Funke des Mitleids mit den Frauen, die da lebhaft bedauert wurden, glomm in ihr. Selber schuld, wenn der Mann eine andere hatte, selber schuld, wenn er ständig im Wirtshaus war, auswärts das suchte, was er daheim nicht bekam.
Tatkraft und Klugheit mußte ein Mann sein eigen nennen, der Antonie Moser, das sauberste Mädel von Straßberg und Umgebung, zur Frau haben wollte, Eigenschaften, die bei Gustav Mayrhofer in stärkerem Maße vorhanden waren als bei seinem Bruder, dem als Erstgeborenen jede andere den Vorzug gegeben hätte. Doch so war Antonie gewesen, sie hörte nur auf sich selbst, wenn es darum ging, einen für den Rest des Lebens zu erwählen, da half auch kein Zureden ihrer Schwestern, die sie für verrückt erklärten, auf das Häusel zu verzichten. Antonie war längst heimlich mit Gustav verlobt und hatte sich ihrem Zukünftigen mehrmals bedenkenlos hingegeben, außerdem wollte sie in die Stadt und pfiff auf das Mühlenbauerhaus. So war es sehr bald zur Eheschließung gekommen.

An jenem denkwürdigen Montag wußte Frau Antonie, daß sich das Rad weitergedreht hatte und daß gute Aussichten bestanden, Großmutter zu werden. Ein Schauer überlief sie, wie damals, als die kräftigen Arme des Studenten der Veterinärmedizin sie zum erstenmal umfaßt hatten.

IV

Frau Antonies Begräbnis verlief fast im normalen Rahmen, die ganze Stadt hatte von ihrem Tod erfahren, so spektakulär waren dessen Begleitumstände gewesen. Der Chauffeur hatte bei dem Versuch auszuweichen zwei parkende Autos gerammt, die Oberleitung war aus den Halterungen gerissen worden und die Linie einundvierzig mehr als drei Stunden blockiert gewesen. All das, weil Frau Antonie, anstatt auf den Verkehr zu achten, im Geiste die althergebrachte Wickelmethode mit einem neuen System verglichen hatte.

Hinter dem Sarg, den zu tragen vier Schwarzgekleideten nicht schwerfallen konnte, schritten der Witwer, auf seine Tochter gestützt, dahinter die Schwester der Verstorbenen am Arm ihres Gatten sowie des Doktors Bruder August, der Landarzt. Eine Anzahl (mit einer Ausnahme) durchwegs uninteressanter Neffen und Nichten folgte, dann kam die steinalte Göd, das Ahnl, hinter der sich Kusinen und die trauernden Freunde des Hauses, vornehmlich Bauern aus der Umgebung, trollten. So wie die Trauer im Zug von der Spitze her abnahm, ging die Stadt ins Ländliche über; kaum einer, der mitging, war in der Stadt aufgewachsen, sondern stammte aus einem der umliegenden Dörfer und Märkte. Auch die Familie Mayrhofer war vom Lande, und der Vater hatte hart arbeiten müssen, um seiner beiden Söhne Studien zu ermöglichen. Neben dem Bau von Mühlrädern, der natürlich vor Ort erfolgen mußte und ihn oft Wochen fernhielt von daheim, hatte er eine kleine Werkstatt im Häusel eingerichtet, in der er Kreissagblätter stanzte, Handsägen, Pflugscharen und anderes Gerät schliff und reparierte. Sepp Mayrhofer hatte sich auf Zimmermannsarbeit verstanden, auf die Land-

wirtschaft; gelegentlich kam auch ein Nachbar vorbei, um sich einen eitrigen Zahn ziehen zu lassen.
Kein Wunder, daß seine Söhne ihren Schwager Obermayr, einen Erzstädter, nie hatten leiden können. ›Stadtratz‹ nannten sie ihn verächtlich. Alfred Obermayr war tatsächlich im Stadtrat, Mitglied jener Partei, der auch der Doktor, wenn es ihm einfiel, an einer Wahl teilzunehmen, aus Gewohnheit die Stimme gab; keine politischen Gründe also, sondern persönliche. Waren es die spitzigen, mit spärlichem Flaum bewachsenen Ohren, die vorstehenden oberen Schneidezähne, die Obermayr etwas Nagetierhaftes verliehen? (Franziska nannte ihn ›Mauserl‹, denn Ratten verabscheute sie.) Wahrscheinlich lag es an der Gestik des Stadtrates, an seinen hastigen Kopfbewegungen, seinem Äugen und schnuppernden Zugehen auf ein Gegenüber, daß ihm ein so hundsgemeiner Spitzname nachhing, denn vom Charakter her hatte er keine einzige der Eigenschaften, die man den Ratten nachsagt: er war weder schmutzig noch verschlagen oder gar blutgierig.
Hostas kennt?
Netta eam. Sie hauni ned kennt.
Oamoi haunis gsegn, do is midkemma.
Freiling, oamoi haunis a gsegn.
Schaudiaun!
In anafuffzgajoa, wia ma dö Fadln eigaunga san.
D'Nosching aa?
Na, dö ned.
Der Zug hatte das Grab erreicht, fächerte sich zum Halbkreis, wurde neu geordnet. Hinter seinem Bruder stand der Landarzt, eine etwas ältere Zweitausgabe des Doktors, jedoch größer und grobknochiger. August hatte dieselbe Neigung zu den Virginiern, die er aber nur bis zur Hälfte rauchte, um den Rest genüßlich zu zerkauen. Obwohl er den Tabakssaft niemals im Haus von sich gab, sondern ihn auf die Dorfstraße oder den Misthaufen des Nachbarn spuckte, war die Verwandtschaft, namentlich die Huberischen, überzeugt, daß er seine Frau mit diesem Laster ins Grab gebracht hatte.

Zuletzt hatte nicht ihn, sondern sie, der Tabak zeitlebens ein Greuel gewesen war, ein Krebs an Zunge und Kiefer befallen, und mehrere Operationen hatten ihr schrilles Organ schon Monate vor ihrem Tod verstummen lassen. Obwohl man über die Toten nichts Schlechtes reden soll, muß gesagt werden, daß Aloisia Mayrhofer eine Bißgurn gewesen war, wie sie im Buche steht. Ihre zänkische Natur hatte ihr selbst und dem Gatten das Leben schwergemacht, von Liebe keine Spur, denn die einzige Frau, die August Mayrhofer jemals geliebt hatte, war Toni gewesen, die nun zu seinen Füßen im Sarg lag. Toni, die ihm der Bruder genommen.

Jahrelang suchte der Landarzt nun schon nach einer geeigneten Person, weniger, um die Freuden des Ehelebens auszukosten (die waren ihm ein für alle Male vergällt), sondern weil er eine Frau brauchte, die ihm den Haushalt führte, Telefondienst tat. Der Heimholung einer Landarztgattin stand nur entgegen, daß er auf Freiersfüßen trampelte, anstatt zu wandeln, seine Grobheit war ihm Barrikade, über deren Rand er vergeblich nach ›der Richtigen‹ spähte, ein Mann in den besten Jahren, ein kräftiger Mittfünfziger mit dichten Augenbrauen, scharfer Nase. In seinen Schädel, der von einem Gestrüpp in unterschiedlichen Grautönen bewachsen war, das sich am höchsten Punkt wirbelig bäumte, war ein schmaler Mund wie in Granit gehauen. Unter dem Haarschopf funkelten graue Augen.

Der Sarg wurde hinabgesenkt, der Doktor schluchzte ein letztes Mal aus tiefer Brust, Franziska weinte stumm in sich hinein, und sie stellten sich seitlich auf, um die Kondolenzbezeigungen entgegenzunehmen. Nach seiner Gattin ergriff der Stadtrat Obermayr das Schäufelchen, strauchelte und wäre ums Haar in die Grube gefallen, denn der Landarzt war ihm auf Tuchfühlung gefolgt und hatte ihn bäuchlings geschubst. August hatte die Art, Unangenehmes möglichst schnell zu erledigen, und da ein Überholen unstatthaft gewesen wäre, hatte er vorwärts gedrängt und dem Schwager den erwähnten Bauchschubs verpaßt, der diesen zu einem Kniefall genötigt

hatte. Obermayr kniete im Matsch, denn es hatte geregnet, das Schäufelchen war auf den Sarg gepoltert. Die Zeremonie stockte, bis ein beherzter Totengräber an den Seilen hinabstieg, das Requisit ans Tageslicht zu holen. Der Landarzt hatte am Morgen versucht, seine Trauer mittels repetierter Gaben von Apfelmost in den Griff zu kriegen, was nur bedingt gelungen war. Nicht daß er schon zum Frühstück gesoffen hätte! Er dämpfte sich mit Most, hielt lange innere Zwiegespräche, redete sich ins Gewissen; sein Bruder behauptete manchmal, August versinke über dem Mostkrug in Meditation. Aus dieser Starre katapultierte er sich normalerweise, indem er die Hand auf den Tisch knallte und aufsprang. So ähnlich geschah es auch jetzt. Leeren Blicks warf er mehrere Schäufelchen voll Schlamm in die Grube, wie unter Zwang, als wolle er sichergehen, daß die Teure ordentlich begraben werde. Dann kam er zu sich, drückte dem Pfarrer das Schäufelchen in die Hand, machte auf dem Absatz kehrt und stapfte ohne zu kondolieren davon. Der Pfarrer war auf die Übernahme des Geräts nicht vorbereitet, denn er hatte im Buch der Bücher geblättert, um die vom Ministranten fahrlässigerweise nicht bezeichnete Stelle, die zur Einsegnung verlesen werden sollte, selbst zu suchen. Dabei übernahm er sich. Aus der Bibel regnete es Marienbilder und Partezettel, die an den Rand des Grabes und auch hinunterflatterten. Beinahe wäre das Schäufelchen ein zweites Mal auf den Sarg gefallen, dieweil der Pfarrer im letzten Augenblick die Offenbarung Johannis zu fassen bekam und Ärgeres verhindern konnte.
Von all dem bemerkte August nichts, denn die Erinnerung hatte ihn überwältigt, er schneuzte sich hinter einem Baum. Damit übertönte er das Schluchzen der Trauernden, das Raunen der Bauern sowie das leise Fluchen des Totengräbers, der die verstreuten Zettel einsammeln mußte. Ganz am Ende des Zuges, wo die Stimmung fast schon in Heiterkeit umschlug, schritt Karl, der die Verstorbene zwar kaum gekannt, aber wenigstens noch kennengelernt hatte. Während

er im bedächtigten Rhythmus von Schaufel, Weihwasserwedel und Bekreuzigung dem Grabe näher kam, dachte er wieder und wieder an den Ratschlag des Vaters.
Wie oft hatte der ihn gemahnt: ›Bub, wennst heiraten willst, schau zu, daßt die Mutter kennenlernst. Dein Lebtag wirst mit zwei Frauen zu tun haben, einer jungen und einer alten. Schau dir beide gut an, bevors zu spät is. Denk daran, wenn ich amal nimmer bin.‹
Am Tage zwei seines Verehrerdaseins hatte er an der Tür ihrer kleinen Wohnung, die sie im Erdgeschoß des Vaterhauses, gegenüber der Praxis, innehatte, geklingelt, in der Rechten einen Blumenstrauß. Nach ihrem Befinden resp. dem ihres Fußes wollte er sich erkundigen. Kaffee wurde aufgetragen, harmlose Zärtlichkeiten getauscht.
Seine Mission war nicht einfach. Einerseits hieß es Zurückhaltung üben, um angesichts einer nicht akzeptablen Schwiegermutter den ehrenhaften Rückzug antreten zu können; andererseits war eine Offensive vonnöten, um jene überhaupt zu Gesicht zu bekommen. Karl löste auch diese Aufgabe. Er äußerte wenig zum Thema, sondern ließ aus der Distanz seine Augen sprechen: Schlamm waberte ins Blaugrün, und die Lider senkten sich zärtlich.
Zusätzlich sprachen die Blumensträuße, mit denen er Franziska in den folgenden Tagen beeindruckte. Mit jedem Zusammentreffen wurden die Sträuße, die mindestens fünf verschiedene Arten enthielten, bunter, abenteuerlicher. Das ›Ich-lieb-dich‹ vereinzelter Rosen ging im Gelärm von Gerbera und Nelken, Tulpen und Vergißmeinnicht völlig unter; ganze Büschel von Schleierkraut machten alles noch rätselhafter. Schließlich wurde es dem Doktor zu bunt (›Kennt sich doch kein Mensch mehr aus, das ist ja richtig babylonisch.‹) und er ließ den Unbekannten kurzerhand zum Kaffee, nächsten Sonntag, bitten. Karl erschien pünktlich, in jeder Hand einen riesigen Strauß.
Schon beim ersten Anblick Frau Antonies, bei ihren ersten Worten wußte er, daß das Durcheinander ein Ende hatte.

Rosen würde er bringen, langstielige rote und gelbe, weiße und rosa und zur Abwechslung Biedermeierrosen.
Zum Kaffee lehnte der Gast einen Cognac nicht ab und beantwortete die Fragen des Hausherrn, wie es um Beruf und Zukunft bestellt sei, bereitwillig und ausführlich, dieweil die Stricknadeln klapperten und Franziska, die Gute, den Tisch abräumte. Die freundliche Einladung zum Abendessen mußte Karl leider ablehnen, da er bereits anderwärtig disponiert habe und dem Kollegen leider nicht absagen könne, weil dieser telephonisch nicht erreichbar sei.
Karl hatte sich vorgenommen, den Abend allein zu verbringen. Er wollte den nächsten Schritt bei einem Fläschchen Tokaier, dem letzten noch übrigen, planen. Das tat er dann auch.
Nun, keine zwei Wochen später, lag sie, die Erwählte, in ihrem Grab! Warum hatte sie hinübergehen müssen, in eine bessere Welt? Wie schön hätte es doch in dieser Welt werden können! Alle Planung umsonst, die Termine purzelten übereinander, sie kollerten die schiefe Ebene der näheren Zukunft hinab ins nächste Jahr, wo sie im ungewissen Halbdunkel liegenblieben. Karl war sich im klaren, daß der Unglücksfall eine baldige Verbindung zwischen Franziska und ihm, Verlobung und Heirat nach Anstandsfrist, unmöglich machen würde. Grausam verlängerte Wartezeit! Wenn er auch nicht genau wußte, wie es um Franziskas Prinzipien bestellt war, fürchtete er nicht ohne Grund, daß voreheliche Zurückhaltung eines davon war. Vergangenen Samstag hatte sie ihn, als er zu weit gegangen war, mit einem ›Karl, bitte!‹ zurückgestoßen, unübersehbares Zeichen!
Bei diesen Gedanken entrang sich ihm ein Seufzer, just in dem Moment, als er das Kreuz schlug und dem nächsten Platz machte. Dem Doktor, der ein aufmerksamer Beobachter war (auch wenn er ganz in sich versunken schien), war dies nicht entgangen. ›Der gute Bub‹, dachte er, ›wenn die Toni ihn sehen könnte!‹. Trauer und Rührung ließen neuen Tränen ihren Lauf.

V

Karls Ahnung hatte ihn nicht getrogen, leider, als hätten die Nornen seine Befürchtung zur Vorlage ihrer Handarbeit genommen. Sein einst ruhiger und (wie er meinte) traumloser Schlaf wurde in steigendem Maße von merkwürdigen Träumen zerhackt, in deren Zentrum Gestalten standen, die Franziskas Züge trugen. Darum kreisten Luststückchen, Accessoires, Seidenes im französischen Schnitt, blütenweiß und schwarz, in sündigem Rot gar, Strumpfhalter, Korsetts, aus denen duftendes, warmes Fleisch quoll. Ein außer Kontrolle geratenes Ringelspiel, das um den imaginären Mittelpunkt, die Achse Franziska, rotierte, bis er erwachte. Dann war es schwierig, wieder einzuschlafen, ohne das Karussell erneut in Gang zu setzen, und so entschloß er sich öfter in allzufrüher Morgenstunde, dem Beginn des Tages nicht länger zu widerstehen und die Wärme der Bettstatt mit der Morgenkühle des Badezimmers zu vertauschen. Bald jedoch verfolgte ihn dieses Gewirbel bis in den Tag hinein, seine durch Schlafmangel verursachte Dämmrigkeit ließ ihn geistesabwesend erscheinen. Selbst vor der Nüchternheit des Schreibtisches machten die Traumgebilde nicht halt. Wenn seine Konzentration für einen Augenblick nachließ, sein Blick dem Hintern einer Kollegin, die ihm bisher überhaupt nicht attraktiv erschienen war, folgte, wurde Karl in einen Strudel gerissen, aus dem er sich nur mit Mühe freischwimmen konnte. Begleitet waren diese geistigen Ausrutscher von einem Gesichtsausdruck, den man wohl oder übel nur als blöde bezeichnen konnte. Die Starre seiner Züge wirkte auf die Kolleginnen zuerst befremdend, dann belustigend. Die Pausen waren voll von Kommentaren über das Abschweifen des Meierschen Blicks, sein

schwereloses Schweben jenseits der Sinnhaftigkeit. Vermutungen über den Grund für dieses seltsame Verhalten wurden angestellt, kurz: es wurde wieder einmal getratscht. Unleugbar fühlte sich manche geschmeichelt.
Dann hat er mich angschaut, solchene Augen!
Wasd ned sagst!
Auf die Büste hat er gschaut, ohne Schenierer.
Was ihr immer habts. Ins Narrenkastl wird er gschaut haben.
Aus dem wird noch ein zweiter Knasmüller.
So schlimm wirds schon ned werden.
Meinst?
Wenigstens is er kein Zwicker.
Das tät mir noch fehlen.
Was ging wirklich in Karl vor? Augenscheinlich war etwas in ihm erwacht, ein Trieb, ein spätgereifter. Ein wildes Begehren, wie ers noch nie gefühlt. Wie harmlos waren dagegen frühere Sinnesverwirrungen gewesen, die ihn befallen hatten, Tagträumereien, in denen man immer Herr über sich selbst gewesen war. Nun war es Zwang, und die Ideen wurden durch die Ferne des Zeitpunkts ihrer möglichen Einlösung doppelt reizvoll. Das war verwirrend, und Karl mußte sich eingestehen, daß seine Erfahrungen mit dem anderen Geschlecht (die sich auf das Gebräuchliche beschränkten) vor diesen Heimsuchungen, den ungeheuerlichen und angenehmen, plötzlich so lächerlich erschienen wie Doktorspiele; jene Nächte im Zeltlager, die Studentin aus dem Haus fünfzehn a, Frau K. (›aber erzählst es keinem Menschen, dann darfst wieder einmal kommen‹), all das Erlebte war plötzlich so jämmerlich wie die Straßberger Ache, hätte man sie mit einem reißenden Bergbach, der von Felssturz zu Felssturz tobt, verglichen.
Wahrung der Unberührtheit bis in die Ehe gehörte nicht zu Franziskas Prinzipien, sie hatte auch keine Skrupel religiöser Herkunft (denn auch sie hielt von ›diesen Dingen‹ nicht sehr viel), noch war sie gar indifferent oder kalt. In ihr verbanden sich Hingabe (mütterlicherseits) und Leidenschaftlichkeit

(von des Vaters Seite) zu einer beträchtlichen Sinnlichkeit, und trotzdem scheute sie den Akt. Sie hatte eine tiefe Abneigung gegen jedwede Komplikation, und dazu zählte gerade die voreheliche Kopulation; hochschwanger vor den Pfarrer treten zu müssen, war ein Alptraum, noch dazu im Trauerjahr! Franziska hörte schon die Spottreden der Bekannten, und erst die heiligen Straßberger, das Maul würden die sich zerreißen! Jungfräulichkeit hat nicht unbedingt Nichtwissen zur Voraussetzung — Brautleuteunterricht durch Geistliche ist nur ein Beispiel —, und es war nachgerade Franziskas Wissen über den Vorgang und den Umgang mit Verhütungsmitteln, das ihr die Anwendung letzterer unmöglich machte, ihr ekelte vor deren Sachlichkeit.

Was aber an jenen Frühlingsabenden in ihrer Phantasie erstand, war kühner als die Träume Karls, ein erotisches Kabinett für Anspruchsvolle. Viel freier kreisten ihre Gedanken um sich selbst, Figuren und Figurinen, nach einem abenteuerlichen Muster angeordnet, vollführten einen Maskenball der Sinnenlust, alles Erdenkliche im Zugleich und Nacheinander.

Sie träumte, ganz im Unterschied zu Karl, nicht nur, was sie wollte, sondern wann immer sie wollte. Er wurde verfolgt und spann eine aufgezwungene Vorstellung weiter, einem ungewissen Ende zu, Franziska aber genoß bewußt und ohne Scheu.

Tagsüber saßen sie in den Büros, denn Franziska hatte eine Handelsschule absolviert und arbeitete als Schreibkraft im Verwaltungstrakt des Stahlwerks; dann und wann waren sie in Gedanken beisammen. Danach war Karl oft minutenlang an den Tisch gefesselt.

Für den Doktor war dieses Trauerjahr, der dritte Monat war angebrochen, eine Zeit der Einkehr, als hätte er seinen Umgang auf sich selbst beschränkt, um die unzähligen Ansprachen der vergangenen Jahre noch einmal abzuhören, ihren Wahrheitsgehalt melancholisch zu prüfen. Er sprach nicht mit sich selbst, das lehnte er auch in den späteren Jahren als

Zeichen von Greisenblödigkeit vehement ab, sondern horchte in sich hinein. Sein Gebaren ließ darauf schließen, daß er nicht viel Tröstliches zutage förderte, sein ehedem so klarer Blick, grauäugiges Funkeln und Blitzen, war umwölkt, Trübsinn spiegelte sich in seinen Zügen.
Ich mach mir Sorgen um den Vater.
Der wird wieder, Franzi!
Meinst, Tante Gisi? So hab ichn noch nie derlebt.
War auch die erste Frau, die ihm gstorben ist. Schau dir den Gustl an! So lustig wie früher is er auch nimmer.
Aber ja, der is lustiger wie früher, wie seine Frau noch glebt hat!
Aber jetz trinkt er so viel.
Früher hat er richtig gsoffn.
Hauptsach, mein Papsch wird wieder!
Genau!
Auch Frau Obermayr sorgte sich um den Bruder, der – wie viele Zweitgeborene – empfindlicher als der Ältere war. Immer im Schatten des ersten zu stehen, des Stammhalters, für alles noch zu klein sein, wofür der andere schon groß genug war, beim Fischen die kleinste Angelrute zu bekommen, das waren Gründe, heulend nach Mutters Rockzipfel zu fassen, mit ihr sich zu verbünden. Und Giselas Herz krampfte sich zusammen, wenn sie den Lieblingsbruder so gebrochen sah; Gustav hatte seine Liebe verloren, August nur seine Frau.
Auch seine Trinkgewohnheiten hatte der Doktor über Nacht verändert. Er trank (im Gegensatz zum Bruder) zwar nicht mehr als früher, aber aus Achtelgläsern mit zierlichem Stengel, für die er ein ganzes Leben nur Spott übriggehabt hatte. Er wußte selbst nicht, warum er keine Vierteln mehr sehen konnte, was ihn noch mehr deprimierte. Auch die Verdoppelung der ›Nachschubwege‹ war ihm lästig, denn wegen der Trinktemperatur mußte die Flasche im Kühlschrank verbleiben, und erst der Beistand des Bruders brachte die Dinge, was den Weißwein anging, wieder halbwegs ins Lot. August bemerkte nämlich, daß Bewegung grundsätzlich gesund und

besonders für den unerläßlich sei, der ein gewisses Quantum Wein unverdünnt zu sich nehme. ›Die Nieren werden dirs danken‹, sprach er bei Gelegenheit, bevor er wieder in Bewegungslosigkeit versank. Oft saßen sie so beisammen, viel häufiger als früher, und kaum ein Wort fiel in die Stille. Selten kreuzten sich ihre Blicke, da August mit verschränkten Armen zu Tische saß und leicht vorgebeugt sich den Mostdunst in die Nase steigen ließ. Er starrte ins goldrote Naß, als hoffte er, darin Bedeutsames wie den Sinn des Lebens oder den Ursprung des Weltalls zu entdecken. Der Doktor wiederum blickte gewöhnlich in flachem Winkel über den Rand seines Glases auf einen imaginären Punkt an der gegenüberliegenden Wand; er, der sich mit Vorliebe in bequeme Fauteuils oder Lehnstühle lümmelte, hatte die Fähigkeit, auch bei Tisch in den harten hölzernen Sesseln sozusagen versinken zu können, und als ihn Gisela deswegen einmal gerügt hatte − ›Wie ein Ami‹ − , war er fuchsteufelswild geworden ob des Vergleichs. Meist aber ging er seiner Wege, wobei er auch des Bruders nicht vergaß, so daß dieser ständig vor einem vollen Krug saß, manchmal ohne das Nachfüllen bemerkt zu haben, und es kam vor, daß seine Versenkung zu vorgerückter Stunde in ein Schläfchen überging. Der Doktor gab acht, daß der Schlafende die Nase nicht in den Most tauchte.

VI

Auch Franziska scheute das Wort. Obwohl sie dem Vater viel näher stand als der Mutter zeitlebens, war es doch Liebe, die sie ihr gegenüber empfunden hatte, Liebe und Bewunderung, daß es ihr gelungen war, einen so großartigen Mann wie Gustav Mayrhofer an sich zu binden. Tod, Trauer und Traum: ›die arme Mutter‹, ›der arme Vater‹, und schließlich ›der arme Karl‹, denn sie ahnte, daß er litt. Der bemühte sich nach Kräften, seinen inneren Kampf, das Drängen (denn das Fleisch kennt nicht Kontrakt und Papier) zu verbergen. Vergeblich, denn zu deutlich zeichnete sich die Gier in seinen Zügen ab, blöde Verklärung, welche die Backen wie zu einem Lächeln straffte, die Augen zu Schlitzen werden ließ.
Willst noch an Zucker?
Na, danke. Hast gsehn?
Was, den Meier?
Zerst hat er wieder gschaut wie da Ox vorm neuchn Stadltor.
Und welche war heute dran?
Die Schwarze aus der Dreier.
Die mit die ausdrahtn Wadln?
Genau!
Die is doch schiach wia die Nocht!
Eh, aber dera ihr Atombusen...
Ich sag dir, der hat was mit einer Verheirateten!
Der hat gar nix, der möcht was.
Aber von wem?
Na, von dir sicher ned!
Das Rätselraten im Zimmer, in der Kaffeeküche und auf dem Gang wollte kein Ende nehmen, Karls engere Umgebung war besser informiert. Knasmüller vom Standesamt,

das im selben Stockwerk wie das Sozialamt lag, hatte von Amts wegen einen guten Blick für das Zwischenmenschliche. Er konstatierte Liebe, die, einen gewissen Punkt betreffend, noch nicht Erfüllung gefunden hatte (Augenzwinkern) und erinnerte sich an die Szene mit Jelinek, Gerstl und der Blondine.

Als sich auch dies herumgesprochen hatte, verstummte das Kichern der jüngeren Kolleginnen, die erkennen mußten, daß ihre körperlichen Vorzüge dem Meier nur Anlaß, nicht aber Inhalt seiner Tagträume waren. Anstelle der Koketterie traten Spekulationen und Ermittlungen, die trotz genauer Befragung von Karls Zimmerkollegen nur das dürftige Ergebnis brachten, daß Karl Meier mittwochs und samstags für keine Unternehmung im Kollegenkreis zu haben war — ›Ich hab heut schon was vor.‹ Aber was? Darüber schwieg er und verbreitete, ohne davon zu wissen, bald eine Aura um sich: das Leuchten innerer Leidenschaft, einen Strahlenkranz, den nur der Romantiker sieht. Wenn Karl das Amt betrat, umschwebte ihn, gleich einer Wolke schweren Parfums, die Himmelsmacht der Liebe.

Zweimal pro Woche holte Karl seine Liebe zum Gang ins Kino ab, und bei diesem Anlaß trank er ein Glas Wein mit dem Doktor, der ihm damit seine Zuneigung bekundete. Franziska begann ihre Toilette (›Ich muß mich noch herrichten‹) immer erst in letzter Minute, und Karl wurde das Warten saurer als der Wein — er war kein Mann von vielen Worten. Angesichts des Doktors fielen ihm ganze Sätze ins Weinglas, die Konversation versandete nicht, sondern ertrank, obwohl beide das Gespräch als Ausdruck gegenseitiger Wertschätzung in Gang zu halten versuchten. Doch worüber hätten sie reden sollen? Keiner interessierte sich sonderlich für Sport oder Politik, über die Zukunft hatten sie schon an jenem doppelsträußigen Sonntag gesprochen, und weiterreichende Pläne zu erörtern schickte sich momentan nicht. Der Doktor plauderte nicht gern aus der Praxis, denn er fürchtete, sich zu erregen, und Karl nahm an, daß die Amtsgeheimnisse, soweit

sie ihm zugänglich waren, bei seinem zukünftigen Schwiegervater nicht auf Interesse stoßen würden. Immer länger wurden die Pausen, Räuspern oder Grunzen waren kein Ersatz für fehlende Worte, und beide hofften inständig, Franziska möge ausgehfertig erscheinen. An diesen Tagen brach der Doktor mit seiner Gewohnheit, nie mehr als fünf Virginier zu rauchen. Wie der Torwart einer Mannschaft, die vor Spielende knapp in Führung liegt, sich zum Abstoß bereitmacht, zahlreiche Anläufe unternimmt, immer wieder abbricht, um erneut ansetzen zu können, so umständlich entzündete Gustav Mayrhofer seine Zigarre. Er ließ das angerauchte Stück absichtlich wieder ausgehen, um Zeit zu gewinnen.
Ham Sie einglich den Dobler kennt?
Freilich, den Gemüsehandler.
Der hat gschrieben.
Der is doch in Amerika?
Ja, aber nimmer lang, er will unbedingt zruck.
War der solang drüben, und will wieder zruck!
Sein Hausherrn hat er gschriebm.
Aber das Haus steht ja nimmer.
Na, des steht nimmer.
Und der Dings, fallt mir der Nam nicht ein, is im Altersheim.
Ah, so!
Der Dobler suchert ein Geschäftslokal, wisserten Sie leicht eins?
Oiso momentan...
Herrmm...
Kummt der Dobler wieder, schaudiaun.
Jojo.
Bist scho fertig, Franzi?
Gemma! Pfiati, Papsch.
Karls Erleichterung, wenn er das Haus verlassen konnte, kannte keine Grenzen, eingehakt gingen sie nur bis zur nächsten Ecke, dann legte er ihr den Arm um die Schulter, und jeder durfte einmal raten, welche Art Film wohl heute auf dem

Programm stünde. Mittwochs und samstags wechselten die Filme im *Kolosseum,* dem nächstgelegenen Lichtspielhaus. Karl bevorzugte Wildwestfilme, Franziska liebte hingegen das Melodram; doch sie nahmen einfach, was geboten wurde, und nur selten suchten sie eines der zentral gelegenen Kinos auf.

Wenn die Lichter ausgingen, gab es den ersten Kuß, harmloser als jene auf der Leinwand vorn und kürzer, denn beide hatten großen Respekt vor dem Platzanweiser, der nicht nur über die Einhaltung der Sitzordnung wachte. Einmal hatte sich Franziskas goldenes Halskettchen in Karls Pullover verhakt, und im Bemühen, sich voneinander zu lösen, tasteten und hampelten sie im Dunkeln so auffällig herum, daß der Wächter aufmerksam wurde und sie mit dem Strahl seiner Lampe dem Gelächter des Saales preisgab. Fortan waren sie vorsichtig und saßen, um nicht einmal in den Ruch eines Verdachts zu geraten, Händchen haltend stocksteif nebeneinander.

Jeden Samstag suchten sie nach Ende der Vorstellung ein Tanzlokal auf, wo eine amerikanische Kapelle die neuesten Schlager spielte. Dafür nahm man auch die Ami in Kauf, Soldaten, die großspurig, aber harmlos waren. Mit ihnen umzugehen hatte Franziska gelernt, sie fürchtete höchstens die Russen, welche immer ein guter Grund waren, Besuche bei der Straßberger Verwandtschaft zu vermeiden.

Beim Tanz war endlich Gelegenheit zur Nähe, in aller Schicklichkeit. Erstaunlicherweise war es Franziskas Hand, die gelegentlich etwas abrutschte, und selbstvergessen (ohne zu drücken) dort verweilte, daß es Karl heiß und kalt über den Rücken rieselte. Bei den anschmiegsamen Tänzen, die gleichsam im Stande vor sich gingen, war er auf eine gewisse Distanz um die Leibesmitte bedacht; so verliefen auch diese Abende höchst unschuldig.

VII

Dem Doktor kamen diese Vergnügungen zupaß, denn er nützte seine freien Abende, um Radio zu hören, Blasmusik (bei der Franziska immer die Nase rümpfte) in voller Lautstärke. Am liebsten war ihm die Tuba, die er jahrelang, bis ihm der Bruder davon abgeraten, selbst geblasen hatte. ›Gustl, die Tuba is nix für einen Leptosomen, dafür hast nicht die Statur. Hör auf, sonst kriegst eine Dehnlunge.‹ Zur gleichen Stunde hatte Gustav seine Tuba an den Nagel gehängt und den Fidelen Straßbergern ade gesagt. Fortan widmete er sich dem Dreigesang (denn Baßbaritone waren sehr gesucht) und spielte die Ziehharmonika, an der ihn besonders faszinierte, daß ein Instrument, noch dazu ein tragbares, Baß und Melodie zugleich bestreiten konnte. Doch bald war seine anfängliche Ziehharmonikabegeisterung verflogen, denn der Doktor war ein geselliger Mensch, kein Solist, und ›wo kommen wir hin, wenn jeder alle Stimmen spielt?‹ Seither hing auch die Knopfharmonika am Nagel. Einmal war er mit dem Harmonikaspieler der Fidelen Straßberger in Streit geraten, weil er dessen Instrument als ›Quetschkommode‹, als ›Blasbalg‹ bezeichnet hatte. Ja er ging soweit, sie als Erfindung des Teufels abzutun, weil Baß und Erste Stimme seit Anbeginn auf verschiedene Instrumente verteilt worden waren, und ›was Gott getrennt hat, soll der Mensch nicht zusammenfügen‹. Die wütenden Einwände seines Gegners tat er mit ein paar Handbewegungen ab, worauf es um ein Haar zu einer Rauferei gekommen wäre, denn beide hatten zuvor ordentlich getrunken.
Dieses Trennenwollen von Baß und Melodie, wobei ihn vor allem ersterer interessierte, hatte ihn Anfang der fünfziger

Jahre veranlaßt, ein Radio zu kaufen, das gleich drei Lautsprecher aufwies: Diskant, Mittel und Baß konnten gesondert geregelt werden. Kein Wunder, daß er den Baßknopf stets bis zum Anschlag aufgedreht hatte. Wenn die Tuba durch die Stube wummerte, verblaßten alltägliche Sorgen, der Doktor saß kerzengerade am Tisch anstatt zu lümmeln und fuchtelte den Takt mit den Händen.
Früher war er mit Toni zusammengesessen, doppelter Genuß, wenn beide nach getaner Arbeit bei einem Gläschen Wein saßen (Veltliner er, süßer Gewürztraminer für sie) und die Fährnisse des Tages in den Hintergrund traten, unwirklich wurden. Frau Antonie war von Jugend an etwas schwerhörig, ein Böllerknall hatte ein Trommelfell beschädigt. Die vollen Baßtöne ließen sie diesen Defekt vergessen, für den sie sich heimlich schämte, sie schätzte den Druck des Basses, der sich am Zwerchfell so angenehm bemerkbar machte, und Erinnerungen wurden wach an jene Abende, als Gustl für sie, und nur für sie, im Kreise der Freunde die Tuba geblasen; der hinterste, aber wichtigste Mann der Kapelle, der für den richtigen Takt sorgte.
Nachgerade jenes Radio sollte Dr. Mayrhofer und seinen künftigen Schwiegersohn über den Umweg eines Zwistes noch näher zusammenführen. Fast unbemerkt war ein dunstiger Sommer ins Land gezogen, dessen schwere Gewitter, die nahezu täglich über das Land zogen und große Schäden anrichteten, nicht nur den Versicherungsgesellschaften in nachhaltiger Erinnerung blieben.
Einundzwanzig, zweiundzwanzig, dreiundzwanzig, vierundzwanzig.
Bumsti! Der is gsessn!
Hats eingschlagn, Papsch?
Und wie! Brauchst di ned fürchten, des kommt ned her.
Einundzwanzig, zweiundzwanzig, dreiundzwanzig.
Bumsti! Glei fahrt die Feiawehr.
Freilich kommts her!
Bumsti, scho wieder. Na servas!

Wenn sich die Unwetter verzogen hatten, begann die Arbeit des Doktors, der das Vieh begutachten mußte, Notschlachtungen anordnete, wieder und wieder den Stempel auf angesengtes Fleisch niederfahren ließ — *unbedenklich*. Dieser Teil seiner Arbeit fiel ihm noch schwerer als die eintönige Fleischbeschau jeden zweiten Morgen im Schlachthof, denn er war ein mitleidiger Mensch und haßte es, wenn die Kreatur leiden mußte. Unmerklich normalisierte sich auch sein Leben, die Trauer verflüchtigte sich manchmal fast völlig, brach dann doch wieder herein, die Abstände vergrößerten sich von Mal zu Mal. Inzwischen besuchte er auch wieder den Stammtisch, wenn auch nur einmal pro Woche. Seit er jeden Samstag pünktlich um halb acht enteilte, hatte sich die Peinlichkeit vermindert: der Doktor wartete auf das Eintreffen Karls, trank das obligate Glas in zwei Zügen aus, nahm seinen Hut und ging.
Karl wiederum gab acht, nicht zu früh zu kommen und schob, wenn nötig, einen Abendspaziergang durch die umliegenden Wohngebiete ein, die ›Ehrenrunde‹. So hatte man sich arrangiert.
Die Zeit verging Karl nun wie im Fluge, denn er hatte den Radioschrank für sich entdeckt. Er lauschte dem Sprachgewirr der Kurzen Wellen, dem Gesang der Morsezeichen, fremden kehligen Sprachen, zuckte zurück, wenn ein Störsender wie tausend Hornissen aufbrummte (es war eine Zeit, in der die großen Mächte einander auch im Radio wenig zu sagen wußten). Das Ohr dicht an den Lautsprechern suchte er so lange, bis er den Auslandsdienst eines exotischen Landes eingestellt hatte, der zu dieser Stunde eine Sendung in deutscher Sprache ausstrahlte.
Hörst Franzi, ich hab Tokio.
Was, des Piepsen?
Na, das is Morse. Mußt genau zuhörn.
Der da redt? Der redt doch Deutsch.
Freilich is Deutsch, die senden für Deutschland.
Die Japaner? Geh Karli!

Reklame, meine Liebe, Reklame für Japan! Verstehst?
Und warum hört mas, und dann wieder ned?
Das is Fäding.
Was?
Fäding is Englisch, das verstehst ned.
Ah so. Komm, gemma jetzt.
Ja, was den Rundfunk betraf, da kannte sich Karl aus. Schon im Alter von zehn Jahren hatte er unter Anleitung des älteren Bruders den ersten Empfänger gebaut, ein Detektorgerät, das immerhin den Lokalfunk einwandfrei empfing. Dann wurden erste Erfahrungen im Fernempfang auf dem elterlichen Radio gesammelt, welches bald durch ein leistungsfähigeres Gerät ersetzt wurde. Weihnachten 1937 – mit glänzenden Augen betrachteten die Buben das Wunderwerk der Technik, dessen Nußbaumgehäuse die Lichter des Christbaumes widerspiegelte. ›Neun Röhren, Superhet mit Gegenkopplung‹, sagte Bruder Franz nach einem Blick ins Innere, ›ein Jaß!‹ Als es gegen Mitternacht ging, mußte der Vater ein energisches Wort sprechen, denn die Pioniere hatten nur Ohren für die phantastische Welt draußen im Äther.
Karls Geburtstag im Februar bescherte einen Antennenbausatz, und am nächsten Tag spannte sich der Draht zum Dachfirst des Nachbarn, der unter der Bedingung, daß auch ihm ein Anschluß in die Stube gelegt werde, eingewilligt hatte. Ein Heftchen aus England, das Wellenlänge, Standort und Betriebszeit der internationalen Stationen auflistete, erleichterte das Auffinden und Identifizieren der Sender von Feuerland bis Australien. Obwohl nur Karl des Englischen halbwegs mächtig war, hatten sie keine Schwierigkeiten; das Heft enthielt vorwiegend Tabellen und Fachbegriffe, die mit einem Nachschlagen erlernt wurden – die Sprache der Ingenieure, die jeder verstand, der die niedrigen Weihen erhalten hatte.
Heimische Technik zauberte, geleitet von der Weltoffenheit der Briten, das ganze Erdenrund in die Mitte Europas. Eines

aber war nicht ratsam: zu später Stunde über den Sender des benachbarten Auslands zu stolpern, denn der übertrug zur Abendstunde oft Reden, in denen die *R* wie Donnerhall rollten; Reden eines Landsmannes, der es weit gebracht hatte und den der Fleischhauer Karl Meier ›Kanzlermörder‹ nannte.
Der machte dann auch dem Steckenpferd ein jähes Ende. Die meisten Stationen waren mit Kriegsausbruch dem Feind zugefallen, der Empfang verboten. Meier senior sorgte dafür, daß das Gesetz in seinem Hause eingehalten wurde, obwohl er mit den neuen Herren nichts zu tun haben wollte – ›der Radio kommt in Kasten‹. Die Antenne wurde demontiert, um den Nachbarn nicht in Versuchung zu führen. Neue, aufregende Nachrichten ersetzten die alten, denn nun informierte der Wehrmachtsbericht vom Ort des Geschehens.
Mit dem Bau des Stahlwerks änderte sich auch die Haltung des Fleischhauers, weil die Kundschaft sich beträchtlich vermehrte; nun sprach auch er vom ›Führer‹. In den Zeiten der Lebensmittelkarte spielte der Profit aus gesteigertem Umsatz nicht mehr die alleinige Rolle wie vorher, aber mit dem Steigen der Fleischmenge, die zugeteilt wurde, stieg das Ansehen Karl Meiers – er wurde zum Säckelwart der Innung gewählt. Der Stadtrand, der dem Fleischhauer bisher nur ein mittleres Fortkommen beschert hatte, war zum gesuchten Standort geworden. Neidisch verfolgte manch ein Innenstadt-Metzger den Aufstieg der Peripherie.
Franzens Jahrgang wurde gemustert und eingezogen, Feldpostkarten kamen aus Rußland, berichteten von immer neuen Erfolgen, vom Schmutz und der notorischen Schlamperei dieses Landes, in das man gezogen war, um Ordnung zu schaffen. Eines Morgens – es muß nach dem Fall von Kiew gewesen sein – walzte ein deutscher Panzer in voller Fahrt über den Funkwagen, der gut getarnt in einer Mulde stationiert war. Kein Laut mischte sich ins Bersten von Holz und Metall, denn die Besatzung trug Kopfhörer. Da eine Entwirrung des Knäuels aus Gerät und Leibern unmöglich

war, erhielt der Panzerkommandant, welcher das Unglück verschuldet hatte, Befehl, die Mulde zuzuwalzen.

Karl dachte oft an den Bruder, wenn er versunken am Radio hantierte, bis ihn Franziskas Eintreten aus den Erinnerungen riß. Für den Doktor wiederum war die Technik nur ein Mittel zum Zweck, das auf Knopfdruck zu funktionieren hatte; wenn er rechtzeitig zum Wunschkonzert heimkehrte, war sein erster Gang der zum Radio, er schaltete es ein und ging, um sich zu entkleiden. Wenn die Röhren warm waren, der Ton kam, saß der Doktor schon am Tisch. Erschreckt (‹jetz is der aa noch hin›) und dann verärgert brachte er die Knöpfe in ihre gewohnte Position und stellte später die mit geröteten Backen heimkehrende Tochter zur Rede, schnaufend vor Zorn: ob der Herr Galan sich eventuell bereit finden könnte, den Radio in den Zustand zurückzuversetzen, wie er ihn angetroffen, wenn er schon daran herumspielen müsse? Jedesmal ein Schreck, wenn es ausländisch pfeife, heule und knattere, daß man, ha, für die Hexistenz der Lautsprecher fürchten, jawohl, fürchten müsse!

Vater, bitte!

Noch ein Luftholen, dann verstummte der Doktor, weil er an sein selbstauferlegtes Schweigegebot dachte, die kurze Ansprache hatte ihren Zweck jedoch nicht verfehlt. Anderntags erschien Karl zu ungewohnter Stunde, eine Flasche des herbsten Veltliners, der zu bekommen war, unterm Arm und entschuldigte sich. Eine Antenne wolle er installieren, kostenlos, zur Verbesserung der Tonqualität. Der Doktor war erst skeptisch, denn er hielt Karls Ausflüge in den Äther für bloßes Herumspielen ohne Sinn und Zweck (tatsächlich wohnte tief im Inneren Karls ein verspieltes, ja anarchisches Etwas, wie man es öfters gerade bei Beamten antrifft, die der Ordnung des Amts mit einer Sehnsucht nach dem Unordentlichen und Fremden begegnen).

Hochzufrieden stellte der Doktor in den nächsten Wochen fest, daß er nunmehr in der Lage war, zu jeder Zeit Blasmusik zu hören, denn Karl hatte die in Frage kommenden Stationen (auch ausländische) säuberlich auf der Skala markiert, das Gehäuse vom Staub befreit und es dann mehrmals mit Möbelpolitur behandelt. Das magische Auge schien vor Wohlbehagen zu blinzeln.

VIII

Ich krieg ka Luft ned!
Entschuldige.
Weilst immer so stürmisch bist.
Gar ned!
Weißtas eh.
Gar nix weiß ich.
Ich hab dich doch lieb, ach Karli!
Gerade hatte sie wieder ein Fünkchen, bevor es zum Schwelbrand wurde, mit dem nassen Lappen (›ach Karli!‹) erstickt, und seufzend verlosch es wieder. Auch am letzten Tag des gemeinsamen Urlaubs, den sie vornehmlich im Schwimmbad und in des Doktors Garten verbracht hatten, war Karl kein bißchen vorangekommen. Gelegenheit wäre reichlich gewesen, denn die Maul- und Klauenseuche hatte den ganzen August gewütet. Noch immer verunzierte ein Seuchenteppich aus Sägespänen den Vorgarten, und kaum ein Tag verging, an dem das Telefon nicht geschrillt und den Doktor an eine Stelle der Seuchenfront beordert hätte, wo ein Einbruch drohte. Durch die vielen Injektionen, deren jede durch zähe Rinderhaut gestochen werden mußte, zog sich der Doktor schließlich eine schmerzhafte Entzündung der Sehnen im rechten Arm zu. August verordnete eine Erholungspause, unbedingte Ruhigstellung des Arms für eine Woche. Mit den Hundstagen hatte die Seuche ihren Höhepunkt überschritten und verschwand so spurlos, wie sie gekommen war.
Karl wußte inzwischen, daß nur ein gewisser Punkt, eine Grenze überschritten werden mußte, instinktiv hatte er das erkannt; wenn sie schwerer atmete, die Augen geschlossen, ein-, zweimal seufzte, wagte er nicht, den entscheidenden

Schritt zu tun, aus Angst vor der eigenen Courage. Tatsächlich aber ging er nie zu weit, sondern nie weit genug; Entschlossenheit erst hätte ihr Feuer entfacht, und nichts, gar nichts wäre ihm verweigert worden, hätte er selbstbewußt den Rubikon überschritten.
Ein einziges Mal war er drauf und dran gewesen, sein Ziel zu erreichen: eine mit Likör verschärfte Bowle hatte ihre Gemüter erhitzt. Beide lagen im sonnenwarmen Gras, der Doktor war unterwegs nach Straßberg und wurde erst in Stunden zurückerwartet (Russen wie Amerikaner durchsuchten jedes Fahrzeug, das die Grenze passierte, gründlich). Karl wars durch Hitze und Alkohol angenehm dumm im Kopf, Franziska neckte und stubste ihn, ließ sich zwicken, quietschte hell auf. Dann wurde sie schmiegsam, küßte seinen Nacken, daß ihm sonderlich wurde. ›Heiß is‹, und plötzlich zog sie die Bluse aus, entgeistert blickte er aufs Spitzenwerk. Den Hahn aufgedreht, und sie kühlte sich ab, unter den Achseln, im Gesicht − ›herrlich!‹. Bloßfüßig pritschelte sie im Wasser, ›sag *feig!*‹ und kniete vor ihm hin; mit beiden Händen nestelte sie in der Gegend des siebten Rückenwirbels, Karl starrte und starrte. Wie eingeschnürt war seine Kehle, als sie die Häkchen öffnete und kichernd auf Knien näher kam, ihr Haar, das sie gelöst hatte, zurückwarf, die Brüste mit den Händen bedeckend. ›Da schau, ich zeig' dir was‹ flüsterte, ja gurrte sie, und Karl war, als müßte ihm der Schädel platzen, als sie die Brüste anhob − da hast − und ihm vor die Augen hielt, in denen schmutzigbraunes Hochwasser rauschte. Er wich zurück, wagte nicht zuzugreifen, stützte sich ab, denn ihm schwindelte. Gartentür, Fenster, Stühle und Franziskas Nacktheit zogen in aberwitzigem Tempo an ihm vorbei, und nur mit Mühe erreichte er den nächsten Busch.
Karl, um Gottes willen!
Er glaubte sterben zu müssen, die gefährliche Süße des Marillenlikörs drehte ihm den Magen um, wieder und wieder. Hinterlist macht sich für jene, die dafür nicht geschaffen sind, nur allzuselten bezahlt, und Karl gab die Früchte, die er

sich selbst eingebrockt hatte, wieder von sich. Franziska war längst wieder in die Bluse geschlüpft und leistete Erste Hilfe, indem sie seinen Kopf hielt. Beide genierten sich so nachhaltig, daß dem später heimkehrenden Doktor ihre Zerknirschtheit sofort auffiel; besonders die Ursache für Karls Blässe hätte ihn interessiert, aber er hielt sich zurück, denn er fühlte, daß ihn das nichts anging.

Die ersten Fäden reisender Wolfsspinnen durchzogen die von einem Unwetter gereinigte Luft, als man von einem Ausflug zu dritt zurückkehrte. Gähnend lag der Nachmittag über dem Land, selbst Plaudern erschien anstrengend. Man saß im Mayrhoferschen Garten und wartete selbdritt, daß der Kaffee seine Wirkung tue, als die Telefonklingel anschlug. Murrend erhob sich der Doktor und verkündete vorab, daß er nicht gewillt sei, Besuche abzustatten oder zu empfangen, schämen solle sich der Anrufer, noch dazu am Sonntag und überhaupt! Wenig später war er wieder zurück, seine Miene spiegelte Verdruß und Interesse zugleich.
Wer wars denn, Papsch?
Na, wer ruft am Sonntag an, um die Zeit?
's Mauserl leicht?
Wer denn sonst. Kommen will er auch noch, jetzt gleich.
Und was will er?
Mitn Karl redn.
Mit mir?!
Ja, mit Ihna, amtlich.
Ungewöhnlich, daß Obermayr allein kam, denn sonst erschien er nur auf Einladung und unter dem Schutz seiner Gattin Gisela. Üblicherweise hatte es der Doktor dann eilig, nach den paar Minuten am Tisch, die der Anstand gebot, in seiner Praxis zu verschwinden, um Bakterienkulturen anzusetzen oder das Spritzbesteck auszukochen. Für diese Tätigkeit war offenbar die Weinflasche, die er sich im Vorbeigehen vom Tisch griff, unerläßlich. Dabei konnte er seine Schwester Gisela gut leiden, obwohl sie einen Wicht wie Obermayr geheiratet hatte. Regelmäßig kam aber der Au-

genblick, da hätte er sie ›am liebsten auf den Mond geschossen‹. Ihr Lachen, das melodiös aus der Sprache aufstieg und in einen scharf akzentuierten Posaunenstoß überging, der sekundenlang nachhallte, war der Grund. Tuba und Posaune schließen einander aus, und deswegen kam Gustav mit Gisela nur zurecht, wenn Ernsthaftes besprochen wurde. Doch seit dem Tod Antonies hatte Gisela Obermayr ihr Instrument mit einem Dämpfer versehen, und deshalb bedauerte der Doktor ihr Nichterscheinen aufrichtig.
Den angebotenen Kaffee nahm der Stadtrat dankend an, erklärte dabei, daß er nervös genug sei, verbrühte sich den Mund und wurde zu einem kleinen Cognac überredet, die beste Medizin gegen Verbrennungen und Nervosität. Ob Karl tatsächlich der Abteilung *Kriegsversehrte und Behinderte* des Sozialamts angehöre? Leiter, da schau her, sehr gut, um nicht zu sagen höchst opportun! Bevor er aber in medias res ginge, eröffnete Obermayr, wobei er sich verschwörerisch umblickte, müsse Gewißheit herrschen, daß von dem nun Folgenden nichts, aber auch gar nichts an die Öffentlichkeit dringen werde. Einen Skandal unfaßbaren Ausmaßes könnte das zur Folge haben − scharfes Geblinzel −, ein Wort nur: ›Korrupzion‹ − zwiefaches Schnuppern −, und noch einmal flüsterte er das Wort in die Runde: ›Kor-rupp-zjonn!‹ Geräuschvoll sog er die Luft ein, als wolle er sie auf ihre Reinheit prüfen, ein energischer Schluck machte dem Cognac den Garaus und unterstrich seine Entrüstung.
Wie ein Beamter, in dessen Händen doch das Bürgerwohl liege, sich soweit vergessen könne. Un-ver-ständlich! Man habe ja schon allerhand erlebt, aber dies sei der Gipfel.
Was sagns dazu, junger Freund?
Karl fuhr mehrmals mit der Linken durchs Haar, als wolle er es stellvertretend für seine Gedanken ordnen, er suchte nach einem Ausdruck, der an Schwergewicht dem ominösen ›Korruption‹ entsprach. Mehr als ein wiederholtes ›das ist doch‹ brachte er nicht zustande, dafür türmte Obermayr Niedertracht auf Niedertracht und verbrauchte (wie immer) schon

zu Beginn die Superlative, stieg von den Gipfeln der Gemeinheit in die Abgründe menschlichen Daseins hinab, wo es ihn, nachdem der tiefste Punkt erreicht war, nicht lange hielt und er an die Oberfläche des Gesprächs zurückkehren mußte. In Minutenfrist überwand der Stadtrat gewaltige Höhenunterschiede und kam dabei außer Atem.
Nicht zuletzt dieser Eigenschaft hatte Obermayr seine Karriere zu verdanken, denn seine Reden vor der Stadtversammlung waren so grauenhaft langweilig, daß Freund und Feind in schleichender Flucht, einer nach dem anderen, den Saal verließen, wenn Obermayr das Wort ergriffen hatte. Ein findiger Gesinnungsfreund, Froschauer hieß er, war irgendwann auf die Idee gekommen, Obermayrs rhetorische Bergtouren als eine den Gegner aus dem Saal treibende Waffe zu gebrauchen und dann blitzartig eine Abstimmung anzusetzen. Ein paarmal hatte diese Taktik Erfolg gebracht, aber Überraschungsmomente unterliegen einer starken Abnützung und die Waffe Obermayr verlor an Durchschlagskraft. Dennoch genügte sie als Drohmittel, und manch einstimmiger Beschluß kam zustande, den keiner für möglich gehalten hatte; der vermeintliche Hinterbänkler Obermayr besetzte bei jeder Wahl den sicheren achten Listenplatz seiner Partei.

Nun schien der Stadtrat ermattet, nippte am Glas und verzog bei jedem Schlückchen die Miene, daß die auseinanderstehenden Schneidezähne sichtbar wurden.
Überflüssig zu betonen, hub der Stadtrat sehr zum Ärger des Doktors erneut an, daß der Gesuchte der anderen Seite angehören müsse, denn das Gerücht sei zuerst in der Gewerkschaft aufgetaucht. Außerdem schließe Christsein Korruptionistsein aus, das zeige schon der rabiate Umgang Unseres Herrn mit den Wechslern und Wucherern.
Karl geriet ins Schwitzen, als er sich der beiden Dosen entsann, die zur Erinnerung an den Vater einen Ehrenplatz am Kaminsims innehatten. Hatte Ruhpoldiger nach all den Jahren des Augenzwinkerns geredet? Im Rausch vielleicht? Man

wußte ja, daß er gerne trank. Gab es Neider, die ihm, Karl Meier, Beförderung und Aufstieg nicht gönnten? Wer käme in Betracht? Gruber, Jelinek und Wenzel fielen weg, alle drei hatten das schwarze Parteibuch, und außer Gerstl kam, was die Dienstjahre betraf, niemand mehr in Frage. Waren dessen Ambitionen (wie er freimütig bei jeder Gelegenheit bekannte: eine ›ruhige Kugel zu schieben‹) vielleicht nur das Mäntelchen, unter dem nackter Ehrgeiz einherschritt? Karl hörte nur halb hin, als Obermayr die Abgründe schilderte, die sich mit dem Verlust des Glaubens aufgetan hatten.

Die Sünde, von den Vorvätern geerbt, müsse dem Nachwuchs schon im Kindesalter ausgetrieben werden, leider habe der Katechismus seinen angestammten Platz auf dem Nachtkastl verloren (da nickte der Doktor einmal), Glaube und ein wacher Verstand seien nötig, um in dieser Welt zu bestehen. Dann bat er Karl, ein wachsames Auge auf Kollegen zu haben, die mit Geld um sich würfen. Karl dachte an Gerstls Einfamilienhäuschen, angeblich mit einem Bausparvertrag finanziert. Gerstl, der Ruhpoldinger duzte! Warum hätte der das Gerücht dann in die Welt setzen sollen? Der Verdacht fing sich im Teufelskreis.

Obermayr gab noch nicht auf. Die Ermittlungen verliefen momentan intern. Bliebe das ohne Erfolg, müßte die Kriminalpolizei eingeschaltet werden — eine Katastrophe, denn der Bürger würde sein Vertrauen in die Behörde verlieren. Manch einer würde dann, ein Pathos überkam den Stadtrat, den Mächten der Finsternis und ihren weltlichen Handlangern anheimfallen. Erschöpft schwieg er, wedelte mit dem Sacktuch über die Stirn, trank sein Glas in einem Zug aus und erklärte nach einem besorgten Blick auf die Taschenuhr, es sei höchste Zeit aufzubrechen. Eine wichtige Rede habe er noch vorzubereiten, denn zu Straßberg erwarte ihn die Freiwillige Feuerwehr. Und noch einmal gings: Amtsdirektor Falk, ein Hubertijünger wie er, Obermayr, sei nicht nur Partei-, sondern auch persönlicher Freund, eine gute Gelegenheit, jemanden lobend zu erwähnen, während man auf Bock und Büchsenlicht warte. Daß er im Auftrag des Amtsdirektors, der sich in heiklen Angelegenheiten gerne im Hintergrund aufhielt, gekommen war, verschwieg der Stadtrat. Dann enteilte er, nicht ohne Franziska eine Kußhand zugeworfen und den Schwager mit einem festen Händedruck bedacht zu haben. Auch Karl hatte es plötzlich eilig, einen guten Abend zu wünschen.

IX

Karl schritt so eilig voran, als lauerten Erinnyen hinter Hecken und Büschen. Nein, der Mülleimer war nicht sicher. Aufessen? Nein, er hatte keinen Appetit. Der Strom, der die Stadt in zwei Teile (einen kleinen und einen viel größeren) schneidet, kam nicht in Frage, dort verlief noch immer die Grenze. Da war das Ziegelwerk, seit Jahren aufgelassen, aber den Löschteich gab es noch. Noch einmal blitzen die Dosen im Mondlicht auf, bevor sie im trüben Gewässer versanken, Karl blickte empor, leistete dem Vater stille Abbitte – ›es muß sein‹.
Er schloß die Haustür hinter sich ab und hörte der Frau Voska, die mit ihrer Tochter einen Teil des Erdgeschosses bewohnte, beim Böhmakeln zu. Oben hatte sich wenig verändert: altdeutsche Schränke und ein massiver Tisch selben Stils dominierten im Wohnzimmer, und auch das elterliche Schlafzimmer hatte nichts von seiner Düsterkeit eingebüßt. Ein verblaßter Überzug bedeckte das Ehebett, vom Ölberg blickte Unser Herr mit verklärtem Antlitz auf den Ort der Zeugung seiner Söhne Franz und Karl, deren einen er längst wieder zu sich geholt hatte. Das spärliche Licht, das durch verschmutzte Scheiben einfiel, verstärkte den wenig anheimelnden Eindruck der Wohnung noch, es war, als spiegelten sich die Leiden von Golgatha schon jetzt im Gesicht des Erlösers.
Der rußige Staub drang auch durch geschlossene Fenster und Türen ins Haus und bedeckte, kaum entfernt, schon am nächsten Tag wieder sämtliche Flächen. Er nistete schier unausrottbar in den Falten der Vorhänge. Bei Nordwind war es nicht ratsam, die Wäsche draußen auf die Leine zu hängen, denn da war der Himmel nicht frei, sondern voll rußiger

Schwaden, die das Atmen schwer machten und das Gemüt verdüsterten.

Karl benützte nur zwei Zimmer der Wohnung, nämlich die Küche und seine Bude, das ehemalige Kinderzimmer; bei Bedarf kam Frau Voska und putzte gegen geringes Entgelt, die Summe wurde vom Mietpreis abgezogen. Karl hatte das zweite Bett aus dem Kinderzimmer entfernt und (wegen der Gemütlichkeit) Farbphotos aus dem Kalender *Schöne Bergwelt* aufgehängt.

Auf dem Schreibtisch stand, verstaubt, aber funktionstüchtig wie eh und je, der Weltempfänger, der nun wieder häufiger in Betrieb genommen wurde.

Mechtens mir sogen, wenn ich soll kommen, Herr Karl.
Is scho wieder so dreckig?
Dos geht schnell.
Kommens gleich morgen.
Blaß sehn Sie aus, Sie missen mehr essen, Herr Karl!
Da hams recht.
Mechtens nicht Liwanzen, ganz frische?
Nein, danke schön, ich hab schon gessn.

Die hätte ihm noch gefehlt, mit ihren Liwanzen! Karl fröstelte, er war nicht gern daheim, zur Pietät, die ihn einengte, kam jetzt noch die Unruhe. Der Obermayr, wenn er hundertmal Franzis Onkel war, konnte gefährlich werden, Karl holte das Parteibuch, das mit anderen Dokumenten in einer Schublade lag, heraus. Es war und blieb das falsche, auch wenn er die letzte Marke schon vor Jahren eingeklebt hatte. Dann setzte er sich, eine Tasse Tee in der Hand, auf die Bettkante und dachte nach.

Ruhpoldinger konnte nicht gemeint sein, denn erstens gehörte der Personalvertretungsvize nicht dem Sozialamt oder gar der Behindertenabteilung an, sondern war vom normalen Dienst freigestellt; zweitens nahm er ›Aufmerksamkeiten‹ nur von Kollegen an, niemals von den Parteien, und drittens war es noch nie um Geld gegangen. Seit die Zeiten besser waren, achtete man mehr aufs Parteibuch als auf Konserven,

Zigaretten und Speck, es machte keinen Unterschied, ob man zu Haselböck, dem Obmann, oder zu Ruhpoldinger ging. Politisch waren sie Gegner, aber beide hatten das gleiche Ziel vor Augen, möglichst viele Mitglieder für die eigene Partei zu gewinnen. Ein Widerspruch? Keineswegs, denn zugleich mußte eine gewisse Pattstellung gewährleistet sein, was nur durch Zusammenarbeit möglich war, man teilte also. Etwaige Zuwendungen eines ehemaligen Bewerbers, der inzwischen Kollege geworden war, sah man als Ausdruck einer besonderen Eignung für den magistratischen Dienst: das Entgegenkommen, das auch der Bürger besonders schätzt; nur den I-Tüpferl-Reiter nennt er Bürokrat.
Die Kandidatentests stießen auch bei den Nichtbeteiligten immer wieder auf Zustimmung, wenn Ruhpoldinger nach einer besonders heiklen Eignungsprüfung mit vielen Bewerbern eine Brettljause für seinen engeren Kollegenkreis veranstaltete. Haselböck von den Schwarzen förderte, ganz nach Statut, das Individuum statt dem Kollektiv. Einig waren sich beide, daß es besser sei, Gräben zuzuschütten als aufzureißen wie damals, und daß alles am besten so bleiben sollte wie es war.
Karl, dessen Gedanken inzwischen längst zu Franziska abgeirrt waren, machte einen letzten Versuch. Nach reiflicher Überlegung blieben zwei Möglichkeiten: erstens, das Gerücht war nur in die Welt gesetzt worden, um das Amt zu diffamieren, wer aber steckte dahinter? Einer vom Meldeamt, aus Neid? Ein Verräter aus den eigenen Reihen? Ein Querulant? Ein Zukurzgekommener? Die Unabhängigen? Die Kommunisten? So viele Fragen, auf die es keine Antwort gab. Die zweite Möglichkeit, daß tatsächlich ein Korruptionist sein Unwesen triebe, war so bedrohlich, daß Karl kaum wagte, an die Konsequenzen zu denken: der Ruf ruiniert, mißtrauische Gesichter vor den Schaltern jeden Tag, und das gewisse Lächeln, wenn man sich vorstellte – ›Ach so, beim Magistrat sind S'...‹

›Ein fauler Apfel, und die ganze Steigen is hin‹, hatte die Mutter gesagt und ihm dann den Umgang mit Fritzl Jelinek verboten; der war vom Gesellen erwischt worden, als er mit zwei Paar Landjäger unterm Janker davonrennen wollte. Aber war es so, dann würden auch die Eignungprüfungen ins Gerede kommen, Untersuchungen, Disziplinarverfahren, Versetzungen. Wie oft hatte eine unbedeutende Gerichtsverhandlung eine Legende zerstört, wenn der Schatten einer häßlichen Gegenwart auf die große Vergangenheit gefallen war; (›wie ein boshafter Zwerg, der dem Giganten nur bis an die Hüfte reicht, diesem die Sehnen zerschneidet, um selbst vom Niederstürzenden zermalmt zu werden‹, hätte Obermayr gesagt oder Karls Gefühle mit dem Chimborasso verglichen, ›vom ewigen Eis der Angst bedeckt‹).

Karl zog Jelinek ins Vertrauen — ›vier Augen sehen mehr als zwei‹; der tat, als wäre er persönlich hintergangen worden. Seine Erschütterung war so groß, daß er am Schreibtisch Halt suchen mußte, und ein ›furchtbar‹ entquoll ihm und noch eines. Nichts konnte ihn ärger treffen als Anzüglichkeiten, die auf seinen Berufsstand gemünzt waren, da wurde er damisch. Als er seinen Schäferhund beim Doktor Mayrhofer gegen Staupe hatte impfen lassen und der ihn fragte, ob der Hund auch genug Auslauf hätte, beteuerte Jelinek, daß er mit dem Bello täglich eine Stunde spazierenginge, mindestens. ›Na, als Beamter haben S eh genug Zeit‹, meinte der Doktor, der ihm kein Wort glaubte. Danach mußte er ihn hinausschmeißen, ›ghupft is er vor Wut wies Rumpelstilzchen‹.

So hat jeder seine schwachen Seiten. Für Jelinek aber war die Behörde Familie und Alpdruck zugleich, schwer trug er an der Verantwortung, die man täglich aufs neue übernehmen mußte, für das Wohlergehen von Blinden, Krüppeln und Debilen. Nun das! Taten seien jetzt gefragt, sonst käme zur täglichen Überlastung noch eine Revision längst erledigter Akten hinzu, bitte, und häßliche Verdächtigungen unter Kollegen, nicht auszudenken! Jelineks jammernder Tonfall ver-

lieh der Rede etwas Sakrales, und die Klage des Gerechten, der unter die Pharisäer gefallen ist, verstummte, als hätte er sich mit den eigenen Händen, die er wie in höchster Verzweiflung rang, die Luft abgedrückt.
Dann stand Karl unversehens ein Detektiv gegenüber, der dem Frieden sowieso nicht getraut hatte. Der Gruber habe eine Art, Parteiengespräche zu führen! So leise nämlich, daß ein interessierter Kollege kein Wort verstehe. Bitte, das Magistrat sei ja keine Privatsache, sondern öffentlich, ›schon bei die Römer‹. Selbst spreche man laut und deutlich, daß auch der Kollege nebendran die Problematik des Falles mitbekäme.
Und die andern Parteien?
Die verstehn sowieso nur Bahnhof.
Meinst?
Behindert ist behindert, da sinds alle gleich.
Wenn ein Krüppel den anderen schief anschaue, sei das ein Charakterfehler, dafür sei die Psychologie zuständig und nicht der Magistrat. Dann kam er auf Gerstl zu sprechen.
Wie der sein Häusl aus dem Boden gestampft hat, allerhand!
Wo stehts denn genau?
In der Neustadt. Den Grund hat er aa noch ned lang.
Bausparvertrag, hat er gsagt.
Bausparvertrag, bei unsern Gehalt? Daß ich ned lach.
Hunderttausend hat er vom Schwiegervater, der hat an Grund verkauft.
Wo denn?
In Straßberg.
Vom Schwager, dem Kassier in der Volksbank, wisse er, Jelinek, jedenfalls, daß sich Gerstl dort um einen Kredit beworben habe. ›Nix hams ihm geben, weil auf dem Grund lauter Hypathekn warn.‹ Und bedeutsam schaute er Karl an, der in die Ferne sah, wo sich die Feste Franziska mit ihren Zinnen und Erkern strahlend über dem Horizont erhob.

X

Servus Fritzl, servus Fritz!
Griaß di Koal!
Kompliment Herr Scheff!
Geh, pflanz mi ned scho in aller Früh.
Daschauher, da Herr Scheff sin grantig. Hamma leicht gfeiert gestern?
Schlecht gschlafn hab i.
I aa. Des is von Weda. Oisand miachtlt.
Ein gutes Gewissen is ein sanftes Ruhekissen.
Des hast wieda notwendig ghabt, Fritzl!

›Der Jelinek sollt vorsichtiger sein‹, dachte Karl, der wirklich grantig war, weil er wieder einmal nicht hatte einschlafen können. Mittlerweile hatte sich das Gerücht in die Abteilung eingeschlichen und beeinträchtigte ihr Funktionieren, die Beamten waren nicht mehr bei der Sache, sondern steckten bei jeder Gelegenheit die Köpfe zusammen, tuschelten und kehrten nur widerwillig an ihre Arbeitsplätze zurück. Manch einer sprang während des Parteiengesprächs unvermittelt auf, um dem Kreis seiner Vertrauten eine spontane Eingebung mitzuteilen. Zurück blieb ein verblüffter oder verärgerter Antragsteller, der nach Minutenfrist dieselben Papiere noch einmal vorlegen mußte. Es kam vor, daß eine Partei die Amtsräume kopfbeutelnd verließ, wenn der Bearbeiter einfach nicht mehr erschienen war. Daß die ehedem so entgegenkommenden Beamten neuerdings davonliefen, gab den Leuten zu denken, und das Gerücht verbreitete sich unauf-

haltsam über den Dunstkreis des Amtes hinaus.
Immer häufiger wurden die Anrufe des Stadtrates Obermayr, immer dringlicher der Ton. Die Jagdsaison stehe vor der Tür, und wie stehe er da? Mit leeren Händen, dabei habe er Karl blind vertraut, sein Ansehen dabei aufs Spiel gesetzt (›Laßts mich das machen, wenns heikl wird, bin ich Spezialist‹). In-stän-dig bitte er Karl um einen Hinweis, wenigstens eine Vermutung, weil die Roten was im Schilde führten, eine Anfrage vielleicht etc. etc. Karl kam nicht voran. Jeder Versuch, das Problem logisch anzugehen, endete mit einer Fahrt auf dem Karussell, Franzi, wie sie ihm die Brüste darbot, kichernd die Strümpfe auszog, aufregend flüsterte. Es war zum Verzweifeln.
Die Überwachung (›unauffällig, versteht sich‹) von Gerstls Schreibtisch brachte überhaupt kein Ergebnis, denn der Pedant pflegte seinen Arbeitsplatz in peinlicher Ordnung zurückzulassen. Jelineks Jagdlust wurde dadurch noch angestachelt — ›Vorsichtig is er worden, der saubere Herr, aber mir sin auch nicht auf der Nudlsuppn dahergschwommen. Wirstes sehn, ein Fehler, und schon hammern inflagranti.‹ In den Pausen suchte er Gerstls Nähe, indem er ihn in dieser und jener Angelegenheit um seine Meinung bat; dafür lud er ihn nach Dienstschluß auf ein Achterl beim Lagerhauswirten gegenüber ein, ›weilst mir weitergholfen hast, Fritz, nur a Rewaunsch.‹ Ein schlauer Einfall, diese Doppelstrategie, aber auch dabei kam nichts heraus.
Oisand sans foisch, wäu die normaln bülliga san.
Was sagst?
Nau, die Aufdrucke vo da Ukraine.
Ahso!
Naa, die nimmi ned, hauni gsogt.
Und warum?
Geh, Fritzl, wäus *gefälscht* san. Genau wiad Kinesischn.
Die aa?
Die bsundas!
In seiner Freizeit hatte Gerstl nur ein Thema: Briefmarken.

Er sammelte sie nicht in Vordruckalben oder Steckbüchern wie andere, nein, er legte seine Sammlung auf teurem Kartonpapier im Folioformat, das er von einem Markenhändler der Hauptstadt bezog, selbst an. Er traf seine eigene Einteilung auf dem feinen, grünlichen Raster der Bögen strikt nach Katalog mit allen verzeichneten Abarten, Plattenfehlern und Raritäten, die er nie bekommen würde. War ein Land fertig vorgezeichnet, kamen die Bögen in einen weinroten Ringordner, von denen er schon mehr als ein Dutzend im Schrank stehen hatte (Karl, der selbst eine Zeitlang gesammelt hatte, war ziemlich enttäuscht gewesen, als er die Gerstlsche Sammlung gesehen hatte: die Briefmarken fehlten, nur die Satzbezeichnungen und das Ausgabejahr waren mit schwarzer Tusche säuberlich auf den Blättern eingetragen. Der Fritz hatte nur gemeint, daß er die Marken schon irgendwoher kriegen würde.)
Hast gwußt, daß der eine Riesensammlung hat?
Gar nix hat er, nur lauter leere Blattln.
Er redt aber dauernd davon.
Von dem, was er ned hat.
Hastas du gsegn?
Nix hab i gsegn, weil er nix hat.
Vielleicht braucht ers Geld, daß er si wöche kauft.
Karl zweifelte mehr und mehr, daß sie auf der richtigen Spur waren. Genausogut hätten sie jeden anderen verdächtigen können. Gerstl war keineswegs der einzige Häuslbauer unter den Kollegen, und wenn man Fritzl Jelineks Erzählungen glaubte, die er zu vorgerückter Stunde zum besten gab, so führte der einen aufwendigen Lebenswandel...
Die Tage wurden kürzer, die Dämmerung sank schon früher herab; gegen Dienstschluß scheele Blicke (die Blitze eines in der Ferne aufziehenden Gewitters), und wenn der erste das Büro verließ, wuchsen die Gemeinheiten wie die Schwammerln nach einem warmen Regen im September. Das Böse war eingezogen und nistete in feuchten Winkeln, wo giftige Salpeterrosen wucherten.

›Was hab i gsagt, jetz is soweit‹, zischte Jelinek Karl zu, ›so a Scheißdreck!‹. Die Anordnung, jeden Bescheid der letzten drei Jahre zu überprüfen, war ergangen. Akten wurden aus dem Keller geschleppt, um ohne Ergebnis durchblättert, wieder hinabgetragen zu werden; keiner wußte, wonach er suchen sollte. Wie ein böses Omen lag der Aktenstaub jeden Morgen wieder auf den Tischen, hellgrau und fein entzog er sich dem Zugriff des Putzfetzens, sank wieder an seinen alten Ort herab. Allen Bemühungen zum Trotz wurde die Staubschicht dichter und dichter, die Putzfrauen murrten und die Beamten schimpften, wenn vergessen worden war, die Sessel abzuwischen.
Wo bist *du*, Fritzl?
Bei *A* wie *Oaschloch*.
Wöches Joa?
Zwarafuchzg.
I woit mia waratn scho bei *x* wia *gsund!*
Jessasnaa!
Immer noch suchten sie Gerstl in Gespräche zu verwickeln, weil Karl dem Jelinek aus Mangel an eigenen Ideen folgte. Letzterer gab sich überzeugt, dem Schuldigen würde ein Versprecher widerfahren, dann werde man einhaken (›wie hastn das gmeint, Fritz?‹, würd ich sagen), ihn nervös machen und von einem Widerspruch in den anderen hetzen. Bis zum Geständnis — ›Sags doch Fritz, dann is uns allen leichter!‹ Genauso und nicht anders, wenigstens einer, der wußte, was er wollte, da kehrte man nicht den Chef hervor, dachte sich Karl.
Gerstl war natürlich aufgefallen, daß Karl und Fritzl neuerdings um ihn bemüht waren, Fritz da, Fritz dort, undwasichdichnochfragenwollt, kanntastmadanetabissal helfen, so hatte es das früher nicht gegeben. Friedrich Gerstl war die Genauigkeit in Person, er hatte seine eigene Arbeitsweise, wer ihn deshalb einen ›Brodler‹ schimpfte, der bekam ein geharnischtes ›Pfuscher‹ als Antwort, gleich wer es war, denn Gerstl scheute niemand außer den Amtsdirektor. Er pfiff

sich eins, während ein anderer Karriere machte, und wenn ihn seine Launen überkamen, zwei, dreimal im Jahr, trieb er allerhand Späße mit den Parteien. Einmal im letzten Herbst war er mit einem ›Lehrbuch der Chinesischen Sprache, Erster und Zweiter Theil in einem Bande‹ ins Büro gekommen und hatte sich zwei einfache Fragen (in Mandarin) zurechtgelegt, die er verdächtigen Parteien stellte. Zu seinem Unglück kam der bekannte Rechtsanwalt Holter in Begleitung seines mongoloiden Sohnes ins Amt, wegen der erst kürzlich erhöhten Pflegesätze. Holter, dem der Gang zum Amt ohnedies schwer im Magen lag (des Freiberuflers natürliche Feinde sind die Beamten), war von Natur aus ein Choleriker, und Gerstls sture Sanftheit erboste ihn noch mehr, er brüllte, bis der Leitende Beamte kam, um nach dem Rechten zu sehen. Den armen Buben auch noch zu verspotten! Dr. Holter war außer sich, und das Bemühen Froschauers (Karls Vorgänger) blieb umsonst. Gerstl zeigte sich uneinsichtig, lehnte es ab, sich zu entschuldigen und verwies auf den Paragraphen, Siebzehn b der Dienstordnung, der besagte, daß der Beamte, wenn ihm der Antragsteller nicht persönlich bekannt sei, gegebenenfalls dessen Identität nachprüfen könne. Wie das zu geschehen habe, verschwieg der Absatz allerdings. Bald danach wurde Friedrich Gerstl zu Direktor Falk zitiert, denn es lag eine Dienstaufsichtsbeschwerde vor, die sich gewaschen hatte.

Genauigkeit allein wird oft schon als Provokation empfunden, und Gerstls eigenartiger Humor, seine lauernde Sanftmut, die konnten einen Zornbinkel vom Schlage Dr. Holters auf die Palme bringen. Gutgemeinter Rat: ›Jetz mußt aber wirklich aufpassen, Fritz!‹ amüsierte ihn noch mehr, und wenn er sich unbeobachtet fühlte, brach manchmal ein Gelächter glucksend aus ihm heraus, daß es ihn schüttelte und die Augen tränten. Mit einem Seufzer der Erschöpfung ging er wieder an die Arbeit, ›Der nächste, bitte!‹, kicherte noch einmal, verrichtete dann seinen Dienst wieder zur vollen Zufriedenheit der Parteien, die von Gerstls Fröhlichkeit angesteckt wurden. Das Gerücht hatte er nicht zur Kenntnis genommen, ›D Wöd is schlecht, und d Leid redn zpfüü‹, Fritz Gerstl deutete das Herumschleichen Karls und Jelineks als Zeichen später Würdigung seiner gewissenhaften Arbeit für das Amtsganze. Mit Karl sei ein frisches Lüfterl in die Abteilung gekommen, der werde es noch weit bringen, bis zum Vorstand des gesamten Sozialamts mindestens. Jelinek hielts für Verschlagenheit, für Sichdummstellen und verdoppelte seinen Eifer. Die Kollegen aber zählten zwei und zwei zusammen, sie verstummten abrupt, wenn Gerstl eintrat. Sie schauten ihm nicht mehr in die Augen.

XI

Den oan kenn i!
Bista do sicha?
Bolizei kummt eh scho.
Bliatn tuada wiar a Sau.
Den moani ned, den aundan!
Dea wos davongrennd is?
Zwoa san davongrennd!
Genau, und oan vo de zwoa
kenn i.
Oisand, Prost meine Herrn!
Die Runde saß im *Csardasgarten* beim Ganslessen, die Tat selbst hatte keiner gesehen, denn Messerstechereien sind meistens im Handumdrehen vorbei. Karls Aussage erübrigte sich, Minuten später führte die Polizei den Täter schon ab, sein Stilett wurde wenig später im Ententeich gefunden. Man wandte sich wieder dem Plattenseer zu und dem Gansl, noch drohte nicht der Montag, noch lag das ganze Wochenende vor einem, der Abend hatte ja erst begonnen mit den Lichtern der Karussells und des Riesenrades, mit Schießbuden und Lebkuchenherzen.
Siebzig Jahre Landwirtschaftsmesse war auf großen Plakaten überall in der Stadt zu lesen, *Heuer erstmals mit der größten Geisterbahn Europas!* Schon bei der ›Probebeleuchtung‹ (die bei den Leuten natürlich ›Probebefeuchtung‹ hieß), also am Tag vor der offiziellen Eröffnung durch den Bundespräsidenten, war ein unvorstellbares Gedränge, gab es den ersten Schwerverletzten bei einer Rauferei, die angeblich von den Straßbergern angezettelt worden war (jedenfalls lag ein Kopfinger mit Schädelbruch im Krankenhaus – die Kopfinger waren als Messerstecher verschrien, während die Straßberger ihre Händel mit Bierkrügeln ausfochten). Am

Samstag kam außer dem Präsidenten auch die Autobahn-Christl, die, wenn sie genug Ribiselwein intus hatte, keine fünf Polizisten bändigen konnten. Das Kinderfeuerwerk am Sonntag mußte abgebrochen werden, bevor es noch richtig begonnen hatte, eine Rakete war vorzeitig losgegangen, der Feuerwerker mußte ins Spital. In der Nacht von Montag auf Dienstag wurde in die Große Ausstellungshalle eingebrochen und ein Feuer gelegt, das zum Glück rechtzeitig bemerkt und gelöscht werden konnte. Das Messekomitee war nicht zu beneiden, denn der letzte Tag, der Sonntag, stand noch bevor. Da war es immer am schlimmsten gewesen.

Fritz Gerstl war fröhlich, ja ausgelassen, als hätte ihn seine Herbstlustigkeit schon jetzt befallen, ›Trink ma no a Flascherl Wein‹ sang er lauthals, die anderen stimmten ein, sogar Jelinek krähte mit. Heute wollte keiner vom Amt etwas wissen, keiner! Karl schaute (mit Schefblick) jeden scharf an (so scharf es halt ging), der auf die Arbeit zu sprechen kam: ›Wirst a Ruh geben!‹. Nach dem Gansl zogen sie zum Obstlerstand, ›Verdauung muß a sein, Prost meine Herrn!‹, als Franziska mit ihren Freundinnen vorbeikam.

Darf ich vorstellen?
Verehrung!
Angenehm!
Jelinek, mein Name.
Grüß Gott!
Franziska Mayrhofer.
Verehrung!
Begrüße Sie!
Sie hat er uns ja lang verheimlicht.
Nix vergönnt er die Kollegen!
Gehns doch mit!
Franziska wollte ihren Vater in der ›Allgemeinen Weinkost‹ treffen, so war es ausgemacht, wohlweislich, denn sie wußte, wenn der Doktor mit seinem Bruder unterwegs war, am Volksfest noch dazu, oje, die durfte man nicht allein lassen! In die Weinkost wollten die anderen auch, und bald hatten

sie die Gebrüder Mayrhofer ausgemacht. Nur Jelinek fehlte plötzlich, als die Vorstellerei (die dem Doktor außerordentlich lästig war) von neuem begann. Lustig hätte es noch werden können, da trippelte das Verhängnis in Gestalt des Stadtrates Obermayr heran, der sich mit Höflichkeiten nicht aufhielt. Ob sies schon wüßten? Ein Huber Anton aus Straßberg werde im Kommissariat Innenstadt gerade verhört; das habe er vom Polizeipräsidenten. ›Jung oder alt?‹, denn Huber Anton gab es mehrere in der Sippe. ›A Büaschal? Do ned da Kloa!‹ brüllte August, denn seinen Neffen Toni hatte er vor einer Stunde noch gesehen, ihm Geld zugesteckt, ›kauf da a Hoibe, oba graft wiad ned, goi!‹ (Vielleicht warens auch zwei Stunden gewesen, so genau wußte man das nie auf dem Volksfest).
Kein Zweifel, es war der Toni, und er hatte gut getroffen; sein Opfer schwebte noch immer in Lebensgefahr. Obermayr wußte alles, weil er angeordnet hatte, auf dem laufenden gehalten zu werden, das Neueste zu jeder vollen Stunde am Eingang. Der Tisch des Schwagers war ideal, die Tür im Auge zu behalten, der Stadtrat nahm Platz, wobei er noch ein paar Schnörkel (umständlich nach dem Taschentuch zu suchen und dann die Stirn von hinten zu wischen etc.) vollführte. Die anderen waren inzwischen weitergezogen; an diesem Abend wollten sie keine bedrückten Gesichter sehen, sondern noch etwas erleben.
Karl kühlte seine heiße Stirn an einer der eisernen Verstrebungen, welche die Schiffsschaukel hielten, schaute weg, wenn sie nach einem Augenblick des Schwebens am höchsten Punkt zischend herniedersauste und Franziskas Rock im Fahrtwind flatterte. Seine Hände waren schmutzig, und am Klo bemerkte er, daß die Berührung mit dem Träger einen schmutzigen Streifen an der Stirn zurückgelassen hatte. Sein Popelineanzug war an den Knien nicht mehr sauber, die Hemdmanschetten hatten einen richtigen Schmutzrand. Ein Elend breitete sich in Karl aus, ein Gefühl von Ohnmacht gegenüber der Endlichkeit aller Dinge, die Verzweiflung des-

sen, der einen Blick hinter die Kulissen getan hat. In einer der grünen Gondeln des Riesenrads umarmte er Franziska nachher, er drückte sie verzweifelt, als sie abwärts schwebten. Franziska aber hielts für Eifersucht, weil sie mit Jelinek in die Schaukel gestiegen war, ›So ein Dummer‹ dachte sie gerührt.

Die Verstaubung der Amtsräume hatte ein Ausmaß erreicht, als wäre ein verrückter Kriminalist darangegangen, jeden Quadratzentimenter mit Graphitstaub einzupudern, wie er in der Daktyloskopie Verwendung findet. Alles ging den gewohnten Gang der letzten Wochen, ein Regen, der auf dem Asphalt verdampfte, kühlte die Luft kein bißchen ab, sondern machte sie noch schwüler. Von Gerstl aber war die Ausgelassenheit gewichen, er sprach noch weniger als sonst, als warte er auf eine Nachricht von irgendwoher. Er beugte den Nacken, und am Nachmittag fiel ihm die Erkenntnis in den Schoß, wie eine faulige Frucht spät vom entlaubten Baum fällt.

›Sie stehen unter Verdacht, Friedrich Gerstl, ihre Genauigkeit hat Sie überführt‹, spottete die Schlamperei, ein Pfuscherchor antwortete, ›Gründlichkeit ist aller Laster Anfang, Gründlichkeit ist gegen das Gesetz‹. Kleine Männer mit spitzen Hüten tanzten Ringelreihen ›Der Letzte muß gefangen sein, gefangen sein, gefangen sein‹, mitten im Durcheinander saß Fritz Gerstl und schnappte nach Luft; er glaubte zu ersticken.

Was hast denn Fritz, bist ja ganz kasweiß!?
Mia is ned guad.
Geh doch ham.
Na, i wü ned! Wiad eh scho bessa.
Er hätte gar nicht aufstehen können, die Knie zitterten ihm, daß sie aneinanderschlugen, der Hals war wie abgesperrt von einer Schleuse, gestaute Wörter, gestaute Gedanken, die nicht ins Hirn vordringen konnten. Das Herz pumperte wie ein alter Diesel. Er wurde beschuldigt, gegen die Vorschrift verstoßen zu haben, im allergröbsten Sinne! Gerstl zerfiel in

Fragmente, löste sich in Einzelteile auf. Er war zerschmettert. Sein Vertrauen hatte dem gedruckten Wort gehört, er lehnte es ab, über die Glaubwürdigkeit einer Zeitungsmeldung auch nur zu diskutieren, ›Wauns ned stimma tat, kuntatn ses net schreim‹. Sein mit einem triumphalen Zittern in der Stimme ausgesprochenes ›da stehts schwoaz auf weiß‹ brachte jeden Zweifler zum Schweigen, denn Gerstl hatte bis dato immer recht gehabt (mit einer Ausnahme, damals auf dem Maskenball).

Und plötzlich war er wieder der kleine Fritz, Dienstbotenkind und Bettbrunzer von der Schattseite, dem der Bauer jeden Tag vorhielt, daß einer wie er es nie zu etwas bringen werde. Die Schlosserlehre, der Kampf mit den Wörtern, die Beamtenmatura, alles nur geträumt, genau wie die Vorstellung von einem Gesetz, von festen Regeln, die man erlernen mußte, um sie zu beherrschen – ›Es is alles ned wahr‹, sang der Chor, ›Es is alles ned wahr!‹

XII

Die Morgennebel hoben sich später, das Husten der Lungenkranken klang hohler, der Herbst stürzte Gerstl vollends ins Dunkelviolett der Melancholie. Er konnte keinen Halt mehr finden. Nun wurden zum zweitenmal die Akten aus dem Keller geholt, um jene auszusondern, die der Verdächtige abgezeichnet hatte. Nicht, daß Karl ihn bei Obermayr denunziert hätte, nein, der hatte nicht einmal von einem Verdacht gesprochen, sondern von einer Mutmaßung im Kollegenkreis, einer Annahme, und hinzugefügt, daß er selbst, als Mensch und Abteilungsleiter, nicht an die Schuld Fritz Gerstls glauben konnte. So ein gewissenhafter Mensch!

Des heißt noch gar nix, Fredl.
Es muß aber was passiern!
Freilich, bscht do kummt er!
Nua a Goaß.
Wirst jetz stad sei!
Als der Tag anbrach und klar wurde, daß der Bock das Revier gewechselt hatte, ließ sich Direktor Falk überreden, eine Untersuchung einzuleiten. Wohl war ihm dabei nicht, denn Gerstl, den er persönlich kannte, schien ihm nicht der Typus eines Korruptionisten; außerdem war das Gerücht im Abklingen, und es war nur ein Frage der Zeit, bis ein anderes an seine Stelle treten würde. Andererseits war der Stadtrat nicht irgendwer, und Korruption ist eine Schweinerei, das eigene Haus sauberhalten, jawohl! ›Entschuldigen kömma sich immer noch‹, legte Obermayr noch einen Gupf darauf, ›Gelt, das laßt den Maier machen, den Froschauer interessiert eh nur mehr sei Pension.‹ — ›Wennst meinst.‹

›Bei eich hots an Dreck‹, sagte Knasmüller, der ›nur vorbeigschaut‹ hatte, ›tuats wieda Akten auffazahn?‹. Lachte und verschwand, denn er wußte, was ihm die Kollegen entgegnen würden – ›Putz di!‹. Die anderen aber mieden die Abteilung *Kriegsversehrte und Behinderte*, denn was dort vorging, hatte mit dem Leben von früher nichts mehr gemein, ein Vegetieren wars, von dumpfer Spannung getrieben, ein bleiches Gewimmel, wie mans unter Steinen findet.

Die Tage zogen sich wie Strudelteig, verstrichen quälend langsam mit stummen Fragen, auf die es keine Antwort gab, ›Immer noch nichts‹, signalisierte Karl mit einem Heben der Augenbrauen, ›noch immer nichts.‹ Sonst aber gingen die Beamten ihrer Wege wie Eheleute, die einander nach nächtlichem Exzeß (oder was sie dafür halten) nicht in die Augen sehen können, weil sie fürchten, noch einmal Einblick in ihr Inneres zu gewähren. In den Pausen verzehrten sie ihre Brote, nicht ein einziges Scherzwort durchflatterte das dumpfe Brüten, ein Pesthauch lähmte die Abteilung, die Gewißheit, daß es nie wieder so wie früher werden würde.

Am sechsten Tag der Untersuchung fehlte Gerstl, ›wegen die Nerven‹ hieß es im Personalbüro. In den letzten Tagen hatte er kaum noch geschlafen, die Nachtgespinste wichen nicht mehr mit dem Morgen, Visionen sprangen ihn unvermittelt an. Dahin war die heitere Gelassenheit des Besserwissenden, einer wie Gerstl, der unter einem so fürchterlichen Verdacht gestanden, würde in Hinkunft – Fachwissen hin oder her – nicht einmal den jüngsten Bürolehrling beeindrucken können.

Dabei hatte Friedrich Gerstl im Lauf der Zeit zahllose Verbesserungsvorschläge eingereicht, die allesamt höheren Orts auf Unverständnis gestoßen waren, doch Gerstl war hartnäckig. Er unterstützte seine Eingaben durch persönliche Vorsprachen, erläuterte Zeit- und Wegersparnis, deckte Lücken in der alten Regelung auf und konnte schließlich überzeugen (auch jene Formulare, die auf dem Maskenball so heftig diskutiert worden waren, trugen Gerstls Hand-

schrift). Die nächste Instanz änderte die Gerstlschen Reformpläne in einigen Punkten ab (was wiederum der Grund war, daß Gerstl gegenüber Jelinek in die Defensive geraten war) und strich die Meriten ein. Dem Urheber wars egal, denn er hatte Mitleid mit den Vorgesetzten, Karls Vorgänger Froschauer wäre ›auch nur ein armer Hund‹, dem die Belobigung zu gönnen sei. Wenn einer selber keine Ideen habe, müsse er sich eben auf das Borgen derselben verlegen, wichtig sei nur, daß etwas geschehe.
Immer schon war Fritz Gerstl Außenseiter gewesen und so, wie August Mayrhofer hinter den spanischen Reitern seiner Grobheit saß, hatte Gerstl die Gräben seiner Amtsgelehrtheit, Laufgänge und Unterstände gründlich geschaufelt und abgepölzt, der Sicherheit wegen. Nun mußte er feststellen, daß er den Ausgang vergessen hatte, für dessen nachträglichen Einbau keine Möglichkeit mehr bestand; tragende Balken kann auch der beste Baumeister nicht mehr entfernen, ohne den Einsturz des Gesamten zu riskieren. Dinge, die stabil und unveränderlich erscheinen, können sich plötzlich in ihr Gegenteil verkehren. Gerstls Festung war zum Gefängnis geworden (›Ein Monte Christo, das, von der Gischt wilder Gerüchte umtost, aus menschenleerer Ödnis ragt‹, hatte der Stadtrat Obermayr eine vergleichbare Situation einmal genannt.)
›Kopf hoch, Fritz‹, sprach ihm Karl telephonisch Mut zu, ›morgen is alles vorbei. Ned einen Fehler hast gmacht, wie ichs erwartet hab, das heißt, mir alle natürlich‹. Es war hoch an der Zeit, denn Gerstl war (ohne sich dessen ganz bewußt zu sein) am Ende seiner Kräfte. Erstmals kehrte der Schlaf an sein Lager zurück, wenn auch mit Träumen, in welchen die Grenzen des Außen und Innen verschwammen, gesichtslose Richter in abgedunkelten Sälen ihr ›schuldig‹ flüsterten, lauter wurden, immer lauter bis zum rhythmischen Skandieren. Mit Kopfweh erwachte er beim ersten Weckerläuten und versuchte den Alb abzuschütteln, der ihm auf der Brust saß. Ein starker Kaffee sollte die Einwisperungen der dunklen Seite

zum Verstummen bringen, dazu ein weiches Ei, ›daßt was im Magen hast‹, denn Frau Gerstl sorgte sich sehr. Aufregung und Kaffee verbanden sich schnell zu einer zittrigen Euphorie, nein, keinen Tag länger hätte es dauern dürfen, und Gerstl enteilte ins Amt, wo ihn Karl schon erwartete, obwohl es bis zum Dienstbeginn noch eine gute halbe Stunde war.
Alles in Ordnung!
Woast scho bein Schef?
Na freilich, sehr zufrieden isser, hat er gsagt.
Aha.
Da schaust, gell?
Jo, doschaui.
Auch der Stadtrat Obermayr habe der frühmorgendlichen Konferenz beigewohnt, sehr wichtig sei es zugegangen, einstimmig das Resümee nach seinem, Karls, Bericht. Im Gedankenprotokoll (wegen des inoffiziellen Charakters der Untersuchung) habe die Mustergültigkeit der Bearbeitung sogar lobende Erwähnung gefunden. Wahrscheinlich sei man erst durch diese hochnotpeinliche Aktion höheren Orts auf ihn, den Fritz, aufmerksam geworden, spät, aber doch — ›so gehts halt zua in dera Welt‹.
Ein Verirrter, der seine Rettung noch nicht glauben mochte, blinzelte ungläubig ins Licht — ›Nun saget Dank‹, ›Es ist vollbracht‹, O süßsaures Glück, beim Erwachen festzustellen, daß Tuchent und Matratze warm und trocken waren! Ein Mann des Wortes wie der Stadtrat Obermayr hätte an seiner Stelle vom Berufsethos, Ansehen des Standes, vom Kreuzweg, den zu beschreiten Demut und Herzensbildung etc. gesprochen und natürlich auch vom Kelch. Gerstl jedoch wies Karls Entschuldigung zurück, nicht gönnerhaft, sondern bescheiden — Dienstpflicht sei Dienstpflicht und ›samma froh, daß vuabei is‹.
Doch Karl setzte erneut an, mit einem *Aber* stieß er Fritz Gerstl, gerade als der vermeinte, den letzten Laufgraben, der ihn von der Welt trennte, passiert zu haben, in die Kasematten zurück. Die erste Zeitung habe sich der Angelegenheit an-

genommen, dieser Tage stehe, laut Auskunft Obermayrs, der Artikel ins Haus. Das Amt könnte dann mangels eines Untersuchungsergebnisses nicht einmal darauf entgegnen. Ein solches müßte her, und zwar im Schnellzugstempo; die Anregung dazu sei von Jelinek ausgegangen, der seine, Gerstls, Sache übrigens hervorragend vertreten habe; Stadtrat Obermayr und Amtsdirektor Falk seien gleich dafür gewesen. ›Mir müssen zusammenhalten, und nächste Wochen kommt der Geier sich offiziell entschuldigen und alles is wieder wie früher‹ (Dr. Falks äußere Erscheinung rechtfertigte diese Mutation durchaus).

Wie eine Feder, die ihre Spannung verliert, rollte sich die Kausalität der Dienstordnung vor Gerstl aus, dessen blasser Teint die Farbe überreifen Klosterkäses angenommen hatte: Entschuldigung bedingt erwiesene Unschuld, Erweis bedingt Untersuchung, Untersuchung bedingt vorläufige Suspendierung. Das war das Ende, denn er wußte, daß er nicht einen weiteren Tag würde aushalten können. Friedrich Gerstl regte sich nicht, kein Zwinkern und kein Zucken verriet, daß es im Gebälk knirschte, und donnernd brach ein Balken, noch einer, die Decke senkte sich, sackte unter der eigenen Last zusammen. Eine Staubwolke entquoll den Trümmern, die Gerstls Seelenlandschaft einhüllte.

Überflüssig, daß er Selbstanzeige mit dem Ersuchen um Suspendierung erstattete, denn Karl (als direkter Vorgesetzter) hatte, einer Anregung von oben folgend, alle nötigen Schritte eingeleitet, um den Ablauf des Verfahrens zu beschleunigen. Die Ladungen, welche an stichprobenartig ausgewählte Parteien zwecks Überprüfung ihres Falles rekommandiert verschickt werden sollten, passierten gerade die Poststelle, als Gerstl seinen Schreibtisch aufräumte, um wenig später das Amt zu verlassen. Auf dem Heimweg erwarb er eine Flasche billigen Weinbrands, die er im Verlauf seiner letzten Amtshandlungen zu Hause leerte. Eilige Akten, die er zur Bearbeitung mitgenommen, sortierte er in erledigte und unerledigte, fertigte ein knappes Verzeichnis an. Dann stapelte er Wörterbuch, Bürgerliches Gesetzbuch, Dienstvorschrift auf einen Stuhl und schickte sich an, seine Hosenträger der Marke ›Everlast‹ auf ihre Festigkeit zu prüfen.

XIII

Das Grab, auf welches sich der Trauerzug zubewegte, lag ganz in der Nachbarschaft von Frau Antonie. Ein unangenehmer Wind peitschte den Nieselregen durch die Kleidung, kahl glänzendes Astwerk und vier wolkenverhangene Himmelsrichtungen sorgten dafür, daß es eine Beerdigung war, wie sie im vielzitierten Buche steht. Die Schirme nützten wenig, da der Regen seitwärts kam, und der nämliche Pfarrer, der auch Frau Antonie eingesegnet hatte, war trotz Regenmantel naß bis auf die Haut. In der Mitte, wo Karl schritt, unterhielten sich die Leute ungeniert. Es war zweifelhaft, ob in den vorderen Reihen getrauert wurde, denn sogar die nächsten Angehörigen schienen nicht bei der Sache zu sein, sie wirkten lustlos. Kein Halbkreis wars diesmal, sondern ein Haufen vor dem Grab, als Pfarrer Gebhardt die Bibel zückte.

Zährenlos verlief die Zeremonie, nichts Wesentliches passierte, wenn auch den Pfarrer ein kleiner Schreck durchzuckte, als er des Landarztes gewahr wurde. Kein Schäufelchen fiel in die Grube, August Mayrhofer, der diesen Morgen noch keinerlei Selbstversenkungsübungen vorgenommen hatte, benahm sich mustergültig. Das Ahnl, welches sein letztes Lebensjahrzehnt ohne viel aufzufallen im ehemaligen Gesindezimmer des Huberschen Vierkanthofes verbracht und zwei Schlaganfälle demütig hingenommen hatte, war bald unter der Erde, blieb nur die Frage nach den Hauptbetroffenen. Der Stadtrat Obermayr hatte sich zu früh gefreut, denn die Tote war Frau Giselas Firmgöd gewesen, und er ward geheißen, alles aufs Beste zu organisieren. Schließlich sei er, Fredi, in einer Position, die verpflichte, man könne sich angesichts der Verwandtschaft nicht lumpen lassen. Was bedeutete, daß

der Stadtrat den Leichenschmaus bezahlen müßte und auch die Sauferei. Alfred Obermayr hatte sich, vor allem was die Getränke betraf, geziert, zumal er um die Trinkgewohnheiten der Huber-Sippe sowie der Gebrüder Mayrhofer wußte. Ein Posaunenstoß (etwa in der Art der *Ha* des Doktors, ein Laut, für den die Sprache kein Zeichen kennt) hatte ihn überzeugt, daß Giselas Forderung rechtens sei, wenn auch nicht gerade billig – ›Also Fredi!‹
Oisdan, ruckma zaum!
Do sitz di hea, Franzi.
Auweh, zu dia ned!
Die Maunaleit!
Oimei miassns wo higlaunga! Schaumsti ned?
Do gest hea, Saubartl!
Waun des da Benefiziat siacht!
Frau Katharina Huber hatte das gezischt, denn die *Maunaleit* nützten das Durcheinander der Suche nach der richtigen Sitzordnung weidlich aus – Franziska, die mit zwei blauen Flecken rechnen mußte, hatte dem Verursacher ordentlich eine auf die Pratzen geknallt. Gut eine Viertelstunde verstrich, bis alle richtig saßen. Schon wurde gelacht, denn auf dem Lande ist es nicht üblich, um einen im hohen Alter Verstorbenen viel Aufhebens zu machen; ›woa hoid sei Zeit‹, und damit war auch diesmal die Sache erledigt.
Nach der obligaten Suppe wurde gekochtes Rindfleisch serviert, denn Gebratenes äßen nur Protestanten zu solchem Anlaß, behauptete Obermayr (dem auch einfiel, wenn ihn sein Pathos überkam, die Lutheraner ›unsere abgeirrten Brüder‹ zu nennen; selbst Gesinnungsfreunde beschlich dabei ein heimliches Grausen).
Glücklicherweise waren Obermayrs Sinne mit weltlichen Dingen beschäftigt, denn die Gesellschaft benahm sich wie jene zu Kana. Der Landarzt orderte, nachdem er sein Weinglas mit einem Zug geleert, mit vernehmlicher Stimme Apfelmost, und sein Bruder war grantig, weil der Wein zu lieblich war. Für dieses Gaumenleid würde ihm Obermayr noch be-

zahlen! (Ha!). ›Opfömost erst wieda aufs Joa‹, erklärte der Kellner und brachte den Gebrüdern ein Fläschchen vom Herbsten. Was da am Tisch stehe, sei Damenwein, lieblich und zart wie das gesamte Geschlecht (auch der Landarzt konnte, wenn er wollte, und raffte sich einmal im Jahr zu einem Kompliment auf), ihnen jedoch, den Gebrüdern, stünde das Gemüt nach reschem Wein, herb und erfrischend wie ein Bad im Bergsee. Einen hingerissenen Blick Isoldes, der häßlichsten, aber nicht zuletzt deswegen einzig interessanten Nichte des Doktors, erntete der August für diese Kraftanstrengung. Gustav jedoch kam postwendend zu seiner Rache, er nötigte Obermayr, von dem bekannt war, daß er Saures nicht vertrug (und den schon der Anblick einer Zitrone in heillose Schweißausbrüche verfallen ließ), mitzuhalten beim Veltliner, der unter allen Weinen doch der einzig trinkbare sei.

Pfarrer Gebhardt erhob sich nach dem Pudding und wollte artig das Feld räumen, als ihn Obermayr, der sofort einen schweren Tritt gegen das Schienbein erhalten hatte, bat, noch zu verweilen. Lebhafter Zuspruch der Huber-Verwandtschaft, und der Stadtrat meinte, daß bis zur Abendmesse noch genügend Zeit sei. Der Herr Benefiziat möge getrost noch etwas zuwarten, bis zum gemeinsamen Aufbruch, der in Hinblick auf seinen, Obermayrs, Terminkalender ohnehin immer näherrücke. Als die unternehmungslustigen *Hoho* der Huberischen verstummt waren, sagte der Pfarrer, daß er für den Abend sozusagen dienstfrei habe, der Kaplan solle auch einmal was tun für sein Geld. Drum sei er so frei. Er sprachs und nahm seinen Platz neben Frau Gisela (an der vordersten Trauerfront) wieder ein. Ihr erfreuter Posaunenstoß besiegelte den Vorgang.

Städter, die vom Lande stammen, haben ein besonderes Verhältnis zur Sippschaft, vor allem wenn sie einmal (mehr oder minder) vollzählig versammelt ist. Dieses aus der Vorzeit stammende Interesse am Stallgeruch, das Nachprüfen, ob sich auch nichts daran verändert hat, war bei Frau Gisela, die

nicht sehr oft nach Straßberg kam, besonders ausgeprägt. Aber auch der Doktor staunte pflichtschuldig über das Wachstum der Jungen, steckte dem Lieblingsneffen Geld zu. Obermayr tat dergleichen, d. h., er schnüffelte und spendete (freilich unter der Auflage strikten Schweigegebots, Neffen sind eine geldgierige Spezies); er war nicht richtig bei der Sache, denn er wartete auf seine Stunde.
Franziska saß zur Linken des Vaters, neben Karl, der die Aufmerksamkeit der Straßberger auf sich zog. Was denn wirklich im Gange sei, wurde er gefragt, wieweit sie schon wären mit der Untersuchung? Gehört habe man ja allerhand. Da sprang der Stadtrat kopfüber ins Gespräch, doppelt froh, weil er zu Wort gekommen und den ersten Frechheiten seines Schwagers entronnen war. Obermayr faßte das Geschehene zusammen, nachdem er sich legitimiert hatte: immerhin sei *er* an der Anregung zur Einsetzung eines Untersuchungsausschusses maßgeblich beteiligt gewesen, habe in seiner Eigenschaft als Jagdfreund etc. etc.
Hosenträger sind dazu bestimmt, die Hose am Manne zu halten, nicht aber das Gewicht des letzteren zu tragen – Gerstl war abgestürzt. Die vom letzten Großputz im neuen Haus heimkehrende Frau Gerstl fand ihren Mann regungslos auf dem Fußboden. Im ersten Schock befingerte sie seine Zunge, die wie ein Fremdkörper aus dem Munde hing, dann aber löste sich ein Schrei. Der vermeintlich Tote ächzte, ein Nachbar eilte herbei, Gerstl erwachte aus seiner Ohnmacht, seine Gattin fiel in eine solche. Ein Arzt wurde gerufen, der Gerlinde Gerstl mittels Ohrfeigen wieder ins Leben rief und ihren Mann, wie es üblich ist bei Selbstmordversuchen, in eine geschlossene Anstalt zur Beobachtung einwies.
Gerstl hatte zwar Glück im Unglück gehabt, leider auch umgekehrt, denn die behandelnden Ärzte jenes turmartigen Krankenhauses, das auf einem Hügel außerhalb der Stadt liegt, stellten fest, daß die Hosenträger zwar nicht bis zum Exitus gehalten hatten, aber doch lang genug, um eine große Zahl an Hirnzellen zu vernichten. An eine Heimkehr Gerstls

sei vorläufig nicht zu denken, gaben sie der Gattin zu verstehen. Soweit sei man gekommen, monologisierte Obermayr (den Alkohol- und Redefluß in die bekannte unselige Stimmung versetzt hatten), der Verlust des Glaubens an eine Allmacht ziehe unweigerlich einen Vertrauensverlust, was die weltliche Ordnungsmacht betreffe, nach sich. Mit einem Seitenblick auf den Pfarrer, der aufmerksam zuhörte, verstieg er sich zu der Behauptung, daß mit Rousseau, nein, Voltaire jener Unglaube Einzug gehalten habe, der das Interesse des Schöpfers an seiner Welt leugne. Was für eine Sünde, die Hoffnung einfach aufzugeben, wo doch *ein* Blick nach oben genüge, dorthin, wo lichte Himmel sich wölben!
Beifällig nickte der Pfarrer und fragte Obermayr, woher er diese für einen Laien erstaunlichen Kenntnisse habe. Der war geschmeichelt — ein verhinderter Berufskollege sei er, sozusagen. Nach zwei Semestern Theologie habe ihn der Tod des Vaters in die Heimatstadt zurückgerufen, und schon schwieg er wieder, denn er fürchtete, daß der Benefiziat (als Fachmann) die näheren Umstände des Ablebens von A. Obermayr senior wissen wollte. Glücklicherweise war Frau Gisela in die Bresche gesprungen, während die Erinnerung wie ein Schemen aus ihrem Verlies stieg: ›Fredi!‹, die Mutter, wie sie nach dem Schuß die Kellertür mit flatternden Händen absperrte, ›Fredii!‹, ihn stammelnd bat, einen Arzt zu holen. Das Eintreffen der Polizei, die Fragen, diese Fragen! Damit hatte sich der Stadtrat selbst das Wasser abgegraben und schwieg minutenlang.
Der Wein floß in Strömen, die, nachdem sie einmal in die Redeflüsse gemündet, allerhand Mäandrierungen verursachten, Untiefen tückisch verbargen.
August war auffällig gesprächig, was nicht allein auf den Alkohol zurückzuführen war, sondern auch auf den Umstand, daß er beim Trinken Gesellschaft hatte.
Host dein Feitl scho wieda, Toni?
Na, der is bein Gricht.

Hättst mara a weng an Speck aufschneidn kenna.
Geh loß den Buam geh, Gustl. Der is gstroft gnua.
Außadem woas Notwehr. Hot da Rechtsaunwoit gsogt.
Des is imma des Gscheidaste. Bsundas bei di Kopfinger, die Sauluadana.
Jawoi!
Oba an Feitl steckst ma nimmer ei, du Depp!
Zeitweilig unterhielt August die ganze Runde, und auch der Benefiziat Gebhardt lachte, weil er ja selbst einmal jung gewesen war. Der Doktor schickte sich schnalzend an, einen Schluck aus der neuen Flasche zu verkosten, ließ Blick und Gedanken zu Franziska und Karl schweifen, der sich in den Krallen des wiedererstarkten Stadtrats wand. Karl spürte schon Obermayrs Atem an seiner Kehle, als ein herzhafter Schlag des Doktors auf den Buckel des *Stadtratzen* diesen des Atems beraubte. Die Luft war zum Schneiden und trug das ihrige zur Luftnot Obermayrs bei, dessen Geschnupper längst schon einem Schniefen gewichen war. Das Nasenflügelspiel war unterbrochen, und der Stadtrat hatte auf einmal etwas Aristokratisches. Immer noch beschäftigte ihn (beharrlich wie er war) der Fall Gerstl, er wußte die Angelegenheit von immer neuen Seiten zu beleuchten. Karl trug das seine zur Konversation bei, nämlich verstreute *Ja, wasesallesgibt!* etc. Der Doktor wiederum ging mit einem Sermon schwanger und versuchte vergeblich, dem in Debattenerfahrung überlegenen Schwager das Wort abzunehmen. Ein *aa* und die Möglichkeit war dahin, denn ein gelernter Politiker respektiert nicht die Sprechpausen seines Widerparts.
Dem Fuchs habe man aufgelauert, und weil es auf der Pirsch heißt, den Mund zu halten, sei erst nach dem Verblasen Gelegenheit gewesen, den *Geier* zu sprechen. O ja, der Spitzname sei ihm bekannt, selbst der Amtsdirektor amüsiere sich heimlich darüber, ein Schuß Humor gehöre dazu. In medias res: der Hauptzweck von Karls Mission sei erfüllt, Ende des Gerüchts, das nicht einmal einen wahren Kern gehabt habe.
›Dann hat der Geier Ihren Namen aufgeschrieben, Karl

Meier mit a Ypsilon er.‹

Franziska fuhr zusammen, sollte das ein ganzes Leben so gehen, immer wieder buchstabieren müssen? Karl stutzte auch, denn im Amt gab es Mayr zuhauf, allein drei im Sozialamt. Bescheiden wies er den Stadtrat darauf hin, der ärgerlich reagierte: ›Was heißen S denn ned wie alle andern. Immer die Extrawürscht‹, jedoch Abhilfe versprach. Nächste Woche, da träfen sie wieder zusammen, zum Raubzeug ausmisten. Dem Herrgott sei jedenfalls Dank, daß die Affäre so glimpflich geendet habe, Gerstl lebe. Sein Opfer nämlich, wenn auch wider Glauben und Ethik, habe das allgemeine Vertrauen wieder hergestellt, ›Gottes Wege sind unergründlich‹. ›Diejenigen, welche‹ geglaubt hatten, die Verwaltung mit Kübeln von Schmutz überschütten zu können (bedrohlicher Ton), um darauf ihr politisches Süppchen zu kochen etc. Jedenfalls könne man sehen, wie schnell die Kampagne dieser Parteizeitung zusammengebrochen sei, während der unabhängige Schurnalismus seine Pflicht zur Zurückhaltung erfüllt habe. Dazu habe auch er, Obermayr, sein Scherflein beigetragen, indem er den Herausgeber der *Nachrichten* nach der Pirsch ins Gebet genommen habe.

Der Doktor war blaß vor Zorn, weil er nicht zu Wort gekommen war und machte Miene, dem *Stadtratz* noch einmal auf den Rücken zu schlagen, diesmal aber mit der Faust. Er brauchte ein wenig Anlaufzeit. Wie eine Lawine, die ihre Existenz als Schneeball beginnt, waren die Tiraden anfangs mühelos aufzuhalten; mit Einsetzen der *Ha* aber war es zu spät, denn wie mitgerissene Bäume die Vernichtungskraft einer Lawine noch verstärken, brauste der Grimm des Doktors mit jedem Widerwort gewaltiger über den Gegner hinweg. August erfaßte die Gefahr, in welcher Obermayr schwebte, und rief dem Bruder mit Stentorstimme in den Abgrund nach (wohin der Doktor dem *Stadtratz* in böser Absicht gefolgt war) ›Sing ma oans, Gustl!‹

Die Schätze aus der Couleurstudentenzeit wurden also ans Tageslicht gefördert, nicht Kneiplieder der rüden Art, sondern Liedgut der akademischen Sängerschaft *Harmonie*. Das Duo war reizvoll, aber einseitig, denn unter des Doktors Baßbariton grundelte der Baß des Landarztes; Getragenes wurde deshalb Lebhaftem vorgezogen. Einträchtig lauschte die Runde dem Fließen der Brünnlein, als ein Tenor vom anderen Ende der Tafel einfiel, der hell über den Bässen schwebte. Mit Pfarrer Gebhardt, dessen schmächtiger Gestalt man diese Siegfriedsstimme niemals zugetraut hätte (die Huberischen freilich wußtens), wechselten sie über Mantua nach Heidelberg, wo Polyhymnia zugunsten Eratos (›Feinsliebchen‹) aufgegeben wurde. Da war kein Halten mehr, als sich der Pfarrer auch noch als Bundesbruder zu erkennen gab, die Humpen wurden gehoben: ›Vivat Rhenania, Vivat Danubia!‹ Sie kauderwelschten Burschendeutsch und Küchenlatein.

Die Huberischen sangen auch eins, sie wurden ausgelassen und zogen (wie so viele) bedenkenlos überall mit, wo ein Pfarrer voranschreitet. Außerdem waren auf dem Land kirchliche und profane Feiern noch verschwistert: die Männer verbanden die Sonntagsmesse mit einem kräftigen Frühschoppen, von dem sie oft erst am Nachmittag heimkamen. Heute hatten sie gleich mehrere Gründe zu bleiben, denn der Wein war nicht nur gesegnet, sondern auch bezahlt, obendrein wars gemütlich, und wenn auch beim Leichenschmaus üblicherweise nicht gesungen wurde, nahm niemand daran Anstoß. In der Kirche wurde ja auch gesungen.
Franziska schmiegte sich an Karl, denn sie liebte dieses Vibrieren, das aus dem Brustkorb (vom Herzen) kam, und wenn es nur ein Brummen war. Wie oft hatte sie ihren Papsch nach der Katechismusstunde angebettelt, das traurige Lied vom Morgenrot anzustimmen! Wie damals lief ihr ein wohliger Schauder nach dem anderen über den Rücken, Wärme breitete sich aus, die Schwingungen hoben die Schwerkraft auf, entrückten sie der Welt, während die Gedanken wie Schweifsterne in unbekannte Fernen rasten.

XIV

Karl hatte es nicht eilig, heimzukommen, die Morgenkühle behagte ihm. Das Wetter hatte umgeschlagen, auf Regen folgte Sonnenschein, ein Morgen mit abertausend Tautropfen, die unter den Sonnenstrahlen um die Wette funkelten. Eisklar die Luft, am Horizont konnte man ein seltenes Schauspiel erblicken: die Berge, deren Gipfel erster Schnee deckte. Karl war eins mit der Welt, er schlenderte durch die Szenerie, als würde alles, alles ihm gehören. Ein Lächeln umspielte seinen Mund, das ein ums andere Mal die ganze Miene erfaßte, sie zärtlich verklärte. Gestern!
Wie sie da neben ihm gelegen war, das Blondhaar wirr über den Polster verstreut und kleine Schweißperlen ihre Oberlippe säumten, und er vorsichtig, um sie nicht zu wecken, dem Bett entschlichen war, denn ein Drang hatte ihn geweckt. Gestern!
Zum Leidwesen des Stadtrats hatte sich nur der Nachwuchs in Begleitung viel zu weniger Erwachsener verabschiedet, durch das Verstummen des Geschreis wurde es noch gemütlicher. Die Bundesbrüder bestellten, als wären sies, die alles bezahlen würden. Mißtrauisch beäugte Obermayr jede neu gebrachte Flasche, und seine ›Prost‹ bekamen etwas Gezwungenes. Dann und wann kommentierte er das Verstreichen der Zeit, aber niemand beachtete ihn. Seine Erleichterung, als der Kellner ankündigte, die eben servierte sei die letzte Flasche nämlichen Jahrgangs, schlug in Panik um, als der Doktor lauthals nach der Weinkarte verlangte.
Jetz trinkma no a Flaschl, wos, Herr Benefiziat?
Des wiad ned billig, ha, Fredl?
Dreischaun tuata wia da Pobst Locherl.

Heng af, Gustl. Tuast an Hean Benefiziat beleidign!
Er hots ja ned bös gmeint, gö Dokta?
Naa. Kostman!
›Teia, oba guad‹, war das einstimmige Urteil der Alten Herren, die disputierten, ob nicht doch ein leichtes Moussieren bemerkbar wäre. So kosteten sie noch einmal und noch einmal, warteten verdrehten Augs auf Botschaften der Papillen. Auch die zweite Flasche brachte keine endgültige Erkenntnis, man war schon ein bisserl durcheinander. Die Gesellschaft zerfiel zunehmend in Grüppchen, ein Lied einte sie wieder, und ansonsten suchte man einander an Lautstärke zu übertreffen. Der Dreibund musterte die ›Fahrgestelle‹ der Huber-Mädel, und der Landarzt brüllte gutgelaunt, daß ihm so eine gerade recht wär, ›auf die alten Tag‹; Isolde wurde aufgefordert, sich umzudrehen, wegen dem ›Holz vor der Hüttn‹. Die streckte ihm die Zunge heraus und errötete über und über. Diese Männer, keine Ahnung! Sie stand einer näheren Bekanntschaft mit ›Onkel August‹ gar nicht ablehnend gegenüber. Ein Mann in den besten Jahren, und noch dazu ein Studierter... Grobheit macht halt blind, und wer mit genagelten Schuhen den Tanzboden betritt, darf sich über einen Korb nicht wundern.
Isolde Hubers Figur war wie geschaffen für ein weitausgeschnittenes Dirndlkleid, doch ihr häßliches Gesicht hatte bisher jeden Bewerber aus dem Nachbarort abgeschreckt (einen aus Kopfing hätte sie haben können, aber nicht gewollt). Die Dreißig waren schon überschritten, was vor allem der Mutter schlaflose Nächte bereitete. Große Pläne hatte sie gehabt, die mit den Jahren immer kleiner und anspruchsloser geworden waren; irgendwer muß das Mädel heiraten, hieß es zum Schluß. Mit jedem Fehlschlag (alle Versuche waren bereits im Ansatz gescheitert) steigerte sich die Krampfhaftigkeit bis ins Unerträgliche – die paar Hanseln, welche die Häßlichkeit Isoldes in Hinblick auf die Mitgift in Kauf zu nehmen gedachten, wurden von den schamlosen Anspielungen der Mutter verjagt.

Hier saß nun eines jener Exemplare, vor denen ihn der Vater selig gewarnt hatte — rücksichtslos und beutehungrig! Karl war abgestoßen und fasziniert zugleich, denn er hatte Frau Katharina aufmerksam beobachtet, und zum zweitenmal in einem Jahr überließ er sich blind einer Eingebung. Hier und jetzt wollte er im Handstreich den stärksten Punkt der Feste Franziska nehmen, den Bergfried Legalität, mit dessen Fall auch der Rest kapitulieren müßte! Unwillkürlich legte er seine Hand auf den linken von Franziskas strammen Schenkeln; sie machte keine Bewegung der Abwehr. Dann ging ers an.

›Geh zum Schmied und nicht zum Schmiedl‹, also zog Karl Erkundigungen beim Fachmann ein, fragte den Pfarrer, ob sein Unterfangen schicklich sei — immerhin wars offiziell noch immer ein Leichenschmaus. Der Benefiziat täuschte ein Nachdenken vor, indem er den Kopf wiegte, nickte dann, denn an die Stelle der Vernunft war längst die Weinseligkeit getreten (welche nicht mit einem vulgären Rausch zu vergleichen ist und nur dann entsteht, wenn Wein und Lieder aufeinandertreffen; kurz: wenn es so richtig gemütlich ist). Ein, zweimal schlug Karl an sein Glas, ohne durchzudringen, bis ihm der Landarzt beisprang: *Harruhä!*

Stille brach aus, so profund, daß man meinen konnte, die Blicke rauschen zu hören, welche bald alle auf Karl gerichtet waren. Und er begann. Zwei traurige Anlässe hätten ihn in diese geschätzte Gesellschaft gebracht, der er vor allem für die freundliche Aufnahme seiner Person Dank schulde. Diese Dankesschuld gedenke er nun teilweise abzutragen, indem er eine hoffentlich für alle freudige Nachricht bekanntgebe: Er, Karl Meier junior, sei willens, mit der hier anwesenden Franziska Mayrhofer die Verlobung einzugehen.

Gaunz a Gschwinda!
Öha, Öha!
Des wauns Ahnl nu dalebt hätt!
So a Hoamlicha!
A Bussal, a Bussal!

Oba oans aufs Mäu!
Vater, bitte!
›Ja winken mit den Augen und treten mit dem Fuß, 's ist eine in der Stuben, die mei-ein werden muß‹; der Getretene war Obermayr, ›Sag was, Fredi!‹ Der Dreibund sang noch allerhand, wobei sich in den tieferen Lagen schon merklich Gegröl einmischte, das die Melodiesprünge verschliff. Franziska schwamm der Raum vor Augen, drinnen aber schwelte es wie in einem naß gewordenen Heuhaufen.
Obermayr kippte drei volle Gläser nacheinander hinunter – ein Lemming, der sich mit doppelter Vehemenz über den Klippenrand stürzt, nachdem er lange gezögert hat, der Meute nachzurennen. Frau Gisela hätte diesen dreifachen Weinsturz zweifellos mißbilligt, wäre sie nicht ständig bemüht gewesen, die Knausrigkeit ihres Gatten zu vertuschen. Aber nichts entlarvt den Geizhals schneller als die Generosität jener nervösen Art, die der Stadtrat jetzt an den Tag legte (wahre Herzensgüte und Großmut gehen bekanntlich Hand in Hand mit milder Gelassenheit). Auf sein Geheiß brachte der Kellner eine Runde jenes süßlichen Marillenbrands, der seine wahre Schärfe erst dann offenbart, wenn es zu spät ist. Der Doktor hatte die Absicht wohl verstanden und gab zur Vergeltung die Straßberger Feuerwehrepisode zum besten (pure Rachsucht wars, denn die Huberischen hatten natürlich dem eigenen Feuerwehrfest beigewohnt, während der Doktor die Geschichte nur vom Hörensagen kannte). Feuerwehrfeste beginnen meist schon am Vormittag, also war es kein Wunder, daß auf den hinteren Bänken die Betrunkenen schnarchten und nur noch wenige (Abstinenzler? Hochalpinisten?) der Rede des Stadtrats folgten, die ein abruptes Ende fand, als einige der noch gehfähigen Zecher darangingen, die abgekämpfte Gesellschaft samt ihrem Redner mit Hilfe der Feuerspritze zu erfrischen. Der Bürgermeister hatte eigenhändig den Hahn wieder zudrehen müssen.
Der Stadtrat revanchierte sich für das Gelächter mit einer neuen Runde Schnaps; langsam wurde es kritisch, und die

Frauen verhinderten wieder einmal das Ärgste. Die Sippe Huber trat eine nicht ungefährliche Heimfahrt an, denn die Fahrer hatten gehörig getankt. Ein Ständchen, das die Grölgrenze weit überschritt, verabschiedete die Verwandtschaft, die Verlobten aber hatten ihre liebe Not mit den Gebrüdern, zumal August sich geweigert hatte, in eins der Huber-Autos zu steigen (die Trunkenheit anderer bemerkte er noch, wenn er selbst schon jenseits von Gut und Böse war). Gegen Karl hatte er keinerlei Einwände, und er lärmte mit Gustav im Fond, bis auf Franziskas Aufschrei: ›Vater! Onkel Gusti! Karl! Die Kreuzung! Bitte!‹ plötzlich Ruhe einkehrte. Schaukelnd kam der Wagen zum Stehen, um Haaresbreite hätte Karl den anderen übersehen, der just um diese ungewöhnliche Zeit (›wies der Teufel haben will‹) in die Kreuzung einfuhr. Der Vorfall hatte die Zecher ernüchtert, der Rest des Weges wurde schweigend verbracht.

Daheim gab es erneut Schwierigkeiten; Wein wurde verlangt, um den Schnaps im Magen zu neutralisieren, und obwohl verschiedene medizinische Argumente ins Treffen geführt wurden, blieb Franziska unerbittlich. Der Doktor (er wehrte sich nur noch halbherzig) wurde ins Bett geschickt, ohne viel Federlesens, seinem Bruder bereitete Franziska ein Lager auf der Couch. Karl half tapfer mit, bis Ruhe einkehrte. Er erbat einen Abschiedskuß, denn die Sauferei hatte ihn so ermüdet, daß er sein Vorhaben schon aufgeben wollte. Da umfing ihn Franziska (man war ja verlobt), drückte ihn mit einer Kraft, die er ihr nicht zugetraut hätte und flüsterte in sein Ohr: ›Du Schlimmer! Jetz ghör i dir!‹

Halb schob er sie, halb zog sie ihn durchs Stiegenhaus. Wo war nur der Schlüssel? Karl durfte in den Taschen ihrer Jacke (Franziska zog sportliche Kostüme Kleidern vor) danach suchen, Franziska kicherte immerfort. Umschlungen drängten sie ins unbeleuchtete Vorzimmer, bis es krachte. Porzellan zerschellte auf dem Steinfußboden, und Franziska war dankbar, daß es der häßliche Schwan war und nicht Bully, steinerne Reminiszenz an des Doktors ersten und einzigen Hund, dem sie immer zärtlich zugetan gewesen war, ja sie hatte ihn geliebt und bittere Tränen bei seinem Tod vergossen. Gott sei Dank, Bully war heil und fletschte die Zähne wie eh und je! Im Oberstock wälzte sich der Doktor auf die andere Seite und schlief weiter, nicht ahnend, daß Karl ein ähnliches Mißgeschick wie ihm selbst, dazumals, passiert war. Bei den ersten innigen Umarmungen mit Toni in der Küche des Hauses Moser waren sie dem Ofen zu nahe gekommen, und ein Schmerzensschrei hatte die ganze Familie aufgeweckt. Flucht war unmöglich gewesen, und die Verlegenheit hatte sich erst gelöst, als der Moser-Großvater mit angelegter Flinte in der Tür erschien. Unten schliefen sie nicht, obwohl kaum ein Laut zu hören war. Franziska lag auf der Wohnzimmercouch, wippte mit den Beinen und schleuderte die Stöckelschuhe großartig ins Eck, als hätte sies schon immer so gemacht. Karl schaute sonderbar drein, ermannte sich, beugte den Kopf zum Kusse, Licht aus! Nein, nicht ganz, eine Kerze. Schon war sie ihm wieder entschlüpft, kam wieder, vom Kerzenlicht umflackert, ihr Schatten tanzte an den Wänden. Sie trug das schönste seidene Nachthemd ihrer Mutter.

XV

*T**eppichgroßkampftag* war die knappe Anordnung des Doktors, denn über Nacht war Schnee gefallen, der pulverig den durchfrosteten Boden bedeckte — ideale Bedingungen schlechthin, und es galt, die Gunst der Stunde zu nutzen, denn schon bald würde der Ruß des Stahlwerks jedwedes Säuberungsunterfangen sinnlos machen. Die Wohnanlagen hallten wider von den Schlägen, und allüberall sah man mit Bürsten und Prackern Ausgerüstete auf der Suche nach den seltener werdenden jungfräulichen Flecken, die noch kein Bettvorleger oder Läufer gedeckt hatte.
Karl seufzte, denn in den beiden Mayrhofer-Haushalten gab es mehr als genug zu klopfen, außerdem war er müde; auf zwei Hochzeiten zu tanzen bekommt auf die Dauer auch dem Robusten nicht. Zwei Stunden werkte er täglich nach der Büroarbeit in Franziskas Wohnung, die einer Renovierung dringend bedurft hatte. Ein langer Überzeugungskampf war notwendig gewesen, um die Ansicht durchzusetzen, daß man als junges Paar in Franziskas Wohnung besser aufgehoben sei als im Oberstock des Meierschen Stammhauses, das zwar wesentlich größer, aber ebenso renovierungsbedürftig war. Überdies seien die laufenden Kosten im Doktorhaus konkurrenzlos günstig, weil gleich Null, und die Einnahmen aus einer möglichen Vollvermietung der ehemaligen Fleischhauerei samt erstem Stock könne man gut gebrauchen. Das hatte den Ausschlag gegeben, Franziska willigte ein; der pränuptiale Geiz, wie er besonders die Frauen überfällt, war Sieger über ihr Unabhängigkeitsstreben geblieben. Karl hatte auch argumentiert als gings um das nackte Leben, der Gedanke, den Raum der eigenen Zeugung zu bewohnen, im elterlichen

Schlafzimmer ein Kind zu zeugen, schien ihm so absurd wie Männerliebe oder ein Flug zum Mond. Jeder Raum, sooft er auch ausgemalt oder tapeziert wird, behält einen Hauch des Vergangenen; Reste des alten Anstrichs hinter dem Ofen, schlampige Malarbeit, unter der mancherorts das frühere Muster durchscheint, genügen schon, das mystische Verhältnis des Menschen zu seiner Behausung und die Erinnerung tun das ihrige. Im Handumdrehen sieht man sich der niederschmetternden Erkenntnis ausgesetzt, daß im Grunde alles beim alten geblieben ist, die nachwachsende Generation (man selbst) geistlos dasselbe wiederholt, was schon die Väter getan.

Zuerst hatte Karl die Toilette tapeziert, Biedermeierröschen tauchten die Stätte in ein so zartes Licht, daß die Klomuschel richtig obszön wirkte. Mit jedem Mal klebten die Bahnen exakter, ging die Arbeit trotz mancher Widrigkeiten, nasser Flecken, bröckelndem Verputz, leichter von der Hand. Das Bad hatte Fritzl Jelinek (der sich auf manches verstand) ›zum Freundschaftspreis‹ verfliest, denn Karls Stärke lag in der Geradlinigkeit, nicht in der kleinen Form.

Trotzdem wuchsen ihm die Wände jener für den Platzbedarf einer Kleinfamilie gerade ausreichenden Wohnung schier über den Kopf. Die beiden täglich unter Franziskas Aufsicht geleisteten Arbeitsstunden reichten einfach nicht, so mußte auch der Tag des Herrn herhalten. Und nun dieser Tagesbefehl! Jeder Teppich hatte dreimal vorne und dreimal hinten geklopft und ebensooft abgebürstet zu werden, so schrieb es der Mayrhofersche Ritus der Schneeschändung vor. Wenn er, Karl, während des Prackens an einen unsympathischen Zeitgenossen denke, könne die Arbeit sogar zum Vergnügen werden, hatte der Doktor im Vorbeigehen noch geraten. So gerne er auch geholfen hätte − das Spritzbesteck mußte ausgekocht werden.

Das Ehebett war in den zu gründenden Haushalt übernommen worden, da half kein Sträuben. Frisch gestrichen und mit neuen Roßhaarmatratzen versehen (darauf hatte er be-

standen) wartete es auf den Tag, an dem es wieder die Last zweier Körper tragen würde. Karl verdoppelte seine Anstrengungen: er schmiedete Pläne, während er gleichmäßig auf die Teppiche einschlug. Herr Dobler war tatsächlich zurückgekehrt. Von ihm wußte keiner so recht, warum er im Jahr 1938 emigriert war, manche hielten ihn für einen Juden, der eigentlich Moritz und nicht Ferdinand hieß, andere vermuteten eine krankhafter Veranlagung – irgend etwas hatte halt nicht gestimmt.
Herr Dobler hatte Karl im Amt aufgesucht, in einer Zuschußangelegenheit, und ein verspätetes Beileid ausgesprochen, denn er hatte den Fleischhauer Meier ganz gut gekannt. Dann wollte er beiläufig wissen, wie es um die Räumlichkeiten der Fleischhauerei bestellt sei. Daß die Auslagen noch vorhanden waren, wenn auch von Frau Voska mit Gardinen verhängt, habe er schon bemerkt. Der begehbare Kühlschrank? In Ordnung, aber als Rumpelkammer benützt. Die Wursterei? Frau Voskas Schlafzimmer. Der Verkaufsraum? Ihr Wohnzimmer. Herr Dobler wurde direkt und erzählte Karl, daß er – ›auf jeden Fall‹ – wieder eine Obst- und Gemüsehandlung aufmachen wolle, eine größere als er sie vor dem Kriege im Viertel innegehabt. Sein bißchen Geld wolle er lieber in einem Geschäft anlegen, denn zu Papieren habe er seit den zwanziger Jahren ein distanziertes Verhältnis. Zum alten Eisen gehöre er noch lange nicht, und die staatliche Wiedergutmachung sei ja lachhaft. Anfangs habe er sogar geglaubt, daß es wenigstens amerikanische Dollar wären.
Karl erinnerte sich an frühere Zeiten, in denen Dobler Zigaretten rauchend vor seinem Geschäft gestanden war, weil ein Gemüsehändler diesem Laster in den Geschäftsräumen unmöglich nachgehen konnte. Beim Auftauchen von Kundschaft hatte Herr Dobler den Span ruckzuck ausgeschnipst, um ihn nachher neu zu entzünden und gierig auszusaugen. Dazwischen verbarg er seine nikotinduftenden Finger unter weißen Gummihandschuhen, er war der Aristokrat unter den Händlern der näheren Umgebung, ein freundlicher Mensch,

dessen (schon damals) schütteres Haar in alle Windrichtungen vom Kopf strebte und zusammen mit seinem faltigen Gesicht an einen welken Salatkopf erinnerte. Jedoch warens Lachfalten, und dieses unscheinbare Äußere beseelte ein Geschäftsgeist, der seinesgleichen suchte (und wahrscheinlich Grund war, daß ihn gewisse Leute für einen Juden hielten). Seinem Erfolg, den er nun zu wiederholen gedachte, lag ein einfaches Prinzip zugrunde: ein Kilogramm hatte bei Dobler hundert bis hundertzehn Deka, das konnte die Kundschaft daheim überprüfen. Das war mehr als nur Integrität, nämlich Widerstand gegen die verluderten Sitten eines Gewerbezweigs, gegen das Prinzip ›Derfsabissalmehrsein?‹, welches den Gemüsehandel beherrschte. Bei Dobler bekam ein jeder soviel er wollte, der Kunde wurde höchstens beraten, nie aber genötigt, und wenn einer mehr heimtrug als er vorgehabt hatte, dann war er überzeugt und nicht überrumpelt worden. Nach und nach war immer mehr Kundschaft zu Dobler gewechselt, der Umsatz stieg trotz Arbeitslosigkeit, Aussteuer und Misere.

Als Karl von dem Monatszins hörte, den Dobler zu zahlen gedachte, war Frau Voskas Ausquartierung beschlossene Sache. Fester schlug Karl auf den Läufer ein, Ärger über sich selbst stieg hoch, denn gestern war der Erste gewesen, und wieder hatte er nichts gesagt, vergessen, verschoben.

›Frau Voska‹, würde er sagen, ›mir persönlich tuts ja leid‹, nein, ganz falsch, so ging es nicht. ›Wissens, Frau Voska, ein alter Freund von mir‹, auch falsch. Dann eben so: ›Frau Voska, ich muß Ihnen Mitteilung machen‹, oje! Wenn es heraus war, würde sie (die auch Erfreuliches in einem erbarmungswürdigen Tonfall und ebensolcher Miene äußerte) ›Achgott, Herr Karl!‹ rufen und ›Jessesmarja!‹. Dann würde sie die halbwüchsige Tochter in ihre Arme reißen und fassungslos durch ihre Brillengläser glotzen, wie ein Frosch durch die erste Eisdecke des Jahres. Empfindlich rieselte etwas den Rücken Karls hinab, und er beschloß einen Brief zu schreiben, der ihm diese Strapaz ersparen würde.

Im Vorbeigehen betrachtete der Doktor voller Genugtuung die länglichen Schmutzflecken im Schnee. Zu den Huberischen sei er unterwegs, die bedürften seiner ärztlichen Hilfe. Während des Sommers hatte der Doktor die Betreuung eines Huber-Großvaters mitübernommen, um nach Verschwinden der Maul- und Klauenseuche den Krankheitsfall dem eigentlich Zuständigen, nämlich seinem Bruder, zu übergeben, der wiederum mit kleineren Rotzkrankheiten beim Vieh fertig wurde (bei gleichzeitiger Erkrankung von Mensch und Tier ruft man auf dem Land den für die jeweils stärker betroffene Art zuständigen Spezialisten, der auch den Rest übernimmt). Der Doktor war überrascht, als er des Bruders Diesel am Hof erblickte, und parkte seinen Dreizylinder einträchtig daneben.

Der Auszugbauer litt an einer schweren Rippenfellentzündung, und der letzte Wurf Ferkel war von einer seltsamen Trägheit, Tag und Nacht quietschten sie erbärmlich. Der Doktor hatte lange im Stall zu tun und wackelte bedenklich mit dem Kopf. Nach der Arbeit hockten die Männer beim Schnaps und warteten auf eine Jause, die Isolde, sie saß nicht zufällig neben August, gleich bringen wollte. Der Landarzt hatte Injektionen verabreicht, Salben verschrieben und ein energisches Brüllverbot ausgesprochen, damit das Rippenfell nicht noch mehr gereizt würde. Jetzt saß er tabakkauend bei Tisch und nahm tiefe Einblicke in den Ausschnitt Isoldes, die sich beim Servieren weit vorbeugen mußte.

Doschauher, a Blunzn!
Und a weng a Gsöchts.
Surfleisch hauma aa.
Toni, host dein Feitl eigsteckt?
Heng af, Gustl. Sauf liaba an Most.
Jawoi, do gest hea mitn Kruag!
Sö! Hoitaus zeascht wiad bet!

An diesem Spätnachmittag dürfte August Mayrhofer endlich ein Licht aufgegangen sein, das ihn Isolde statt des Mostkrugs sehen ließ. Hier in Straßberg war das Glück, welches er in der Ferne gesucht hatte! Während er zum Misthaufen schritt, zum Ausspucken, fiel ihm ein, daß Isolde ihn zwar ›Onkel Gusti‹ rief, man aber nicht einmal verwandt, sondern verschwägert war. Und auch der Altersunterschied war eigentlich gar nicht so groß. ›Onkel, ha!‹ und er schneuzte sich mit zwei Fingern, weil er das Sacktuch vergessen hatte. Gustav schob eine Visite vor und suchte das Weite, denn er mochte das ›Geturtel‹ Isoldes nicht länger mitansehen, August aber blieb noch, als die Nacht längst herabgesunken, und suhlte sich in seinen Aussichten wie ein Eber in einem Schlammloch.

XVI

Kaum hatte man sich an den Gedanken gewöhnt, daß man (obwohl zu Hause geblieben) heimgeholt worden war, kam der Krieg. Dann kam ein Brief, in dem stand, daß der Mann gefallen sei, und wenn auch die Zeiten schwer waren, hatte man doch seine Ruhe. Frau Voska haderte mit dem Schicksal, während sie Geschirr in Zeitungspapier einpackte. Dann kam wieder eine Heimkehr, zu Fuß diesmal, eine Einquartierung, und jetzt mußte sie schon wieder packen. Wer steckte dahinter? Wieder ein Jud!
Mechanisch ging ihr die Arbeit von der Hand, wenn die Erinnerung übermächtig wurde, seufzte Hermine Voska auf, bis ihre Tochter erwachte, ein Kind mit den hohen Backenknochen des Vaters, den es nie gekannt. Das Mitleid mit dem Unglück der Tochter, in deren Gesicht noch die Verständnislosigkeit des Schlafes stand, überwältigte die Mutter, und mit einem gurgelnden Stöhnen riß sie die Schlaftrunkene in ihre Arme. Vor der Tür und im Stiegenhaus warteten Werkzeug, Balken, Zementsäcke, denn Herr Dobler wollte so bald wie möglich mit dem Umbau beginnen, obwohl eine unbarmherzige Kälte über dem Land lag.
Der Schnee knarrte unter den Sohlen, ein bösartiger Eiswind wehte so heftig, daß auch die fahle Gesichtshaut der Säufer ein gesundes Aussehen bekam. In diesen letzten Tagen vor dem Jahreswechsel hatten mürrische Verkäufer mit den Geschenkumtauschern und Querulanten ihre liebe Not. Grämliche Gesichter allenthalben, Inventuren standen ins Haus, die Tragik des Vergänglichen eben, welche sich zu Silvester in gewaltigen Räuschen äußern würde. Auch jene, die wie der Doktor in der Lage waren, hinterm Ofen Punsch zu trinken,

wurden in Mitleidenschaft gezogen, Vergangenes und Zukünftiges rückten so nahe zusammen, daß für die Gegenwart kein Platz mehr war, Pläne wurden gemacht, und die Menschen gingen einander mit guten Vorsätzen auf die Nerven. Eine Reizbarkeit, die durch Alkohol und schwere Speisen noch verstärkt wurde, war in der Luft. Besonders fatal wirkt diese Gewohnheit im Grenzgebiet von Dorf und Stadt, denn die bäuerliche Festtagskost, die der Landbewohner durch körperliche Arbeit noch einigermaßen verdaut, bekommt dem Städter nicht; Großmutters Rezepte lösen Magenverstimmungen aus, als ob sich das Land an seinen Abtrünnigen rächen wollte.

August konsultierte seinen Bruder in einer Herzensangelegenheit, die Gebrüder saßen beim Truthahn (auf dem der Doktor bestanden hatte), der auch am dritten Tag nur wenig kleiner geworden war. Sie waren allein, denn Karl hatte Bauchweh und lag im Bett, Franziska blieb absichtlich in der Küche; sie wollten von der Angelegenheit, welche die Eisvögel von den Dächern pfiffen, verschont bleiben.

Dem Landarzt gings im Grunde weniger um guten Rat, sein Entschluß stand sowieso fest, er war gekommen, um seiner brüderlichen Informationspflicht Genüge zu tun. Mit dem Tode Frau Antonies war eine Barriere gefallen, die so lange zwischen den beiden gestanden hatte, eine neue Intimität war eingekehrt, nun, da sie beide Witwer waren. Aufwachen und neben sich junges Blut zu spüren, ›das halt jung, Gustl‹, antwortete August auf den Einwand betreffend den Altersunterschied, und sie gerieten in einen Disput über die geschlechtlichen Fähigkeiten ›eines Mannes in den besten Jahren‹ und die Bedürfnisse einer jungen Frau.

Dann schwieg der Doktor (dieweil August sein spätes Glück weitschweifig hinbreitete), denn er gönnte ihm den Triumph, er wußte, daß der Bruder sein grobes Schuhwerk, das er angelegt, um auf Freiersfüßen recht weit zu kommen, just in dem Moment ausgezogen hatte, auf den Frau Katharina nur gewartet hatte. Die Hauspatschen standen bereit, und Au-

gust war prompt hineingetappt. Der Doktor schwieg auch, weil er nicht viel zu sagen gewußt hätte, reichte doch sein Erziehungsprogramm von den ersten *Guckguck* nur bis zur Berufswahl, mit Heiratsfragen hatte er selten zu tun gehabt. Er wollte auch nicht die Überstürztheit der Hochzeit kritisieren, denn er verstand nur zu gut, daß August sich vor Anrollen der allfrühjährlichen Grippewelle des Beistands Isoldes versichern wollte (vielleicht wollte er auch seine künftige Schwiegermutter Katharina Huber aus dem Haus haben, die jene Arbeit, nämlich Telefondienst und Terminvereinbarung, bisher inngehabt hatte).
Woaßt, Gustl, jetz is ma leichta.
Mhm.
Oiwei aloan sei is aa ned guad.
Naa, naa.
Schen is ned, oba a Brave.
Mhm.
Jung is hoid nu.
Jo, jung is.
Und kochn kaun s. Hervurognd.
Aha!
Der Doktor hatte die meditative Rolle des Bruders nun selbst übernommen und hörte den Schilderungen von den Freuden und dem praktischen Nutzen der Verbindung ruhig zu. Immer greller wurden die Farben, August ward übermütig und schlug mit seinem Schwärmen über eine Doppelhochzeit (mit Karl und Franzi) über die Stränge: ›Kostat ois nua die Höftn, da Pfoarra, die Gest‹. Da griff der Doktor ein und bezeichnete den Bruder als ›alten Deppen‹.
›Witwer in den besten Jahren heiratet junges Ding‹ — dieser Stoff hatte seit Menschengedenken für Komödien herhalten müssen! Genüge ihm das leicht nicht? So eine lächerliche Idee! Eine ganz normale Hochzeit, ein Debüt, und dann so ein alter Depp als zweiter Bräutigam! ›Des schlag dir ausm Kopf! So ein Blödsinn!‹. Die häufigen Zusammenkünfte mit Obermayr dürften nicht ohne Wirkung geblieben sein, denn

Dr. Mayrhofer (der sonst ausschließlich Prosa sprach) geriet ins Elegische: ›ungeschmälertes Glück‹, ›zwei junge Herzen‹, ›Großer Tag‹, und dann noch ›alter Depp‹. Schließlich kam die Einigung zustande: zwischen den Terminen ein Sicherheitsabstand von mehreren Wochen.

Morng is wieda soweit. Ansprache Nullochtfuchzen.
Kennstas aa scho auswendig?
Jojo.
Wenigstns gibts a Bier.
Wenigstns wos.
Und Wiaschtln.
Mit an siaßn Senf. Pfui Teifl!
Servas, Korl!
Pfiati, Fritzl.

Karl kehrte von einem lustlos verlaufenen Arbeitstag heim. Mit dem neuen Jahr sollten neue Gesetze und Verordnungen in Kraft treten, und obwohl am morgigen, letzten Tag des Jahres eine Feier auf dem Programm stand, waren die Kollegen grantig, und manchen, der die Arbeit ohnehin schwierig genug fand, überlief ein Gruseln, wenn er an die Silvesteransprachen des Personalvertretungsobmanns und seines Stellvertreters Ruhpoldinger dachte. ›Wie Sie wissen, meine Damen und Herrn Kollegen, bin ich ein geborener Bayer‹, dann kam die erste Pointe, eine Kunstpause hintennach, gezwungenes Lachen. ›Hier ist allerdings vieles anders‹, gefolgt von einer langatmigen Zusammenfassung der erfolgreichen Arbeit der Personalvertretung für die Interessen der Kollegenschaft, anschließend würde Ruhpoldinger von der ›roten und schwarzen Reichshälfte‹ sprechen, den gemeinsamen Aufgaben, die nur in Zusammenarbeit gelöst werden könnten, und dann käme schon die unvermeidliche Anekdote vom ›Kini Ludwig‹ – entsetzlich! An dieser Stelle würde ein Teil der Kollegen in hörbares Mitmurmeln eingefallen sein, Ende der Ansprache wie immer: der gemischte Chor in den hinteren Reihen würde die letzten Sätze des Vortragenden halblaut

mitsprechen und das abschließende Prosit brüllend vor Erleichterung retournieren.
Karl verzehrte in grämlicher Stimmung sein Abendessen, und während er die zahlreich eingelaufene Post sortierte, kam ihm zu allem Überfluß auch noch Gerstl in den Sinn. Der arme Fritz! Sein Zustand hatte sich etwas gebessert und der Chefarzt erklärte, daß sie den Kranken wohl sehen, nicht aber aufregen dürften. Der sei nämlich dabei, von vorne zu beginnen, alles neu zu lernen und in einer unversehrt gebliebenen Ecke des Gehirns, welches insgesamt arg in Mitleidenschaft gezogen war, zu sortieren. Kein Wunder, daß er noch ziemlich verwirrt sei, die Impulsfrequenz werde jedoch mit jedem Tag stabiler, glücklicherweise. ›Für Voraussagen ist es noch viel zu früh‹, meinte der Neurologe und ermahnte die Besuchergruppe (Froschauer, Knasmüller, Gruber und Karl Meier) noch einmal: ›und ja keine Aufregung!‹
Gerstl spürte, daß Besuch aus jener versunkenen Welt, in der alles seinen festen Platz gehabt hatte, gekommen war, kerzengerade saß er im Gitterbett und hörte aufmerksam zu.
Grüß Sie, Herr Gerstl.
Servus, Fritz. Da hast eine Schokolad.
Gell, was Süßes derfst schon essen.
Freili derf er!
Kommst bald wieder ins Amt!
Freili kummst wieder.
Alle warten s schon auf Sie.
Sovü Arbeit hamma halt.
Gerstl versuchte zu antworten, es arbeitete in ihm, aber er brachte nur einzelne Wörter, Satzfetzen zustande, Namen, die keiner kannte, dabei deutete er fortwährend auf das Fenster, das in einen Park hinabsah. *Ordnung* stammelte er, *Ordnung*. Unten spazierte eine kleine Gruppe von Behinderten durch den Schnee, auch Mongoloide waren darunter.
Sie kamen aus dem oberen Pavillon hinter dem Turm, in dem die akuten Fälle und die Frischoperierten untergebracht waren.

Gerstl wurde immer erregter, die Tränen liefen ihm über die Backen, er rüttelte an den Stäben, eine Schwester wurde gerufen, der Arzt kam, und die Besucher mußten das Zimmer verlassen. Karl wandte sich an der Tür noch einmal um: mit gebleckten Zähnen, die Fäuste geballt, starrte ihm Gerstl nach, als wollte er Karl an die Gurgel springen. Dabei gab er ein fauchendes Brüllen von sich, das Karl durch Mark und Bein ging. Da war keine Ähnlichkeit mehr mit seinem alten Freund Fritz, das war ja kein Mensch mehr, sondern ein Tier, das man einsperren mußte. ›Der wird nimmer‹, war die einhellige Meinung der Besucher, die nachher noch auf einen Schnaps beim Lagerhauswirt eingekehrt waren.

Ein blaues Kuvert war unter den Weihnachtskarten, Karl schlitzte es mit dem Brotmesser auf. Wie überrascht war er, als ein wohlbekanntes Formular zutage kam: *Erwerbsunfähigkeitszuschuß, Ausgleichszulage* stand da, und erst als er es umwandte, sah er, daß der Brief gar nicht an ihn adressiert war: *Neubemessung Voska Hermine*. Ein Schreiben aus der eigenen Abteilung also, das schlampigerweise nicht unterzeichnet war. Schon wollte er das Formular wieder in seine Umhüllung zurückstecken, da hielt er inne, entfaltete es erneut.

Nicht nur Arzt, Polizist und Feuerwehrmann sind niemals außer Dienst; auch ein Beamter, der seinen Beruf ernst nimmt, hört nach Dienstschluß nicht auf, Beamter zu sein. Wie konnte einer Putzfrau ein Haushalts- und Pflegezuschuß zustehen, der nur an Schwerstbehinderte vergeben wird?

Stiller Alarm. Wie so oft in den vergangenen Monaten verschwamm das Spiegelbild der Welt in konzentrischen Kreisen, ein Steinwurf – nichts war mehr zu erkennen! Gerade jetzt, da die Dinge langsam wieder ins Lot kamen, die großen Erregungen im Abklingen waren!

Schäumend war die Woge erster Verliebtheit ausgerollt, hatte Bruchstücke, aber auch kleine Kostbarkeiten hinterlassen, die, in den Zigarrenkästchen der Erinnerung aufbewahrt, bei

Gelegenheit hervorgeholt und betrachtet werden konnten – einzelne Steinchen eines Mosaiks, welche die Gesamtheit zauberisch heraufbeschworen. Schon war die Ruhe wieder dahin, bevor noch die ersten Einblicke in die natürliche Seltsamkeit (um nicht zu sagen Schlechtigkeit) des Menschen Zeit sich zu setzen gehabt hatten.
Wer waren diese Menschen wirklich? Frau Voska (zu der er nicht eben ein herzliches Verhältnis hatte) eine Betrügerin? Und der Stadtrat? Ein Intrigant, der hinter den Kulissen nagte? Der Landarzt ein primitiver Grobian, auf dem besten Wege ins Säuferasyl? Der Doktor gar ein Besserwisser, ein sturer Heuchler? Und Franziska? War er tatsächlich der erste in ihrem Leben gewesen? Hatte sie ihre Leidenschaft etwa schon mit einem anderen erlebt? Sie hatte kein bißchen geblutet!
Als die ketzerischen Wallungen allmählich verebbt waren, saß Karl längst im Finstern. Er würde es ihnen schon zeigen! Das Rätsel lösen, am zweiten Tag des Jahres 1956 würde er die falsche Jungfrau im hintersten Winkel des Labyrinths gefunden haben, Glied an Glied war gereiht, und am Ende der Kette saß das verbrecherische Subjekt, der Beglaubiger eines gefälschten Befundes, der Korruptionist! ›Ein fremder, habgieriger Einschleicher im Gewand des Beamten, der Arglosigkeit mit Verbrechen vergolten hatte‹; auch auf Karl hatte der Stadtrat abgefärbt.
Den Vorhang, hinter dem sich die abscheulichste Entartung dieser Abnormitätenschau verbarg, würde er aufreißen, mit einem Ruck; da würden im Ballsaal hämische Fratzen flanieren, Falschgeld kursieren. Ordinär geschminkte Beamtengattinnen gäben sich mit Schiebergestalten ab, gedämpftes Höllenlicht beleuchtete Bars, in denen Verbrechen ausgeheckt, ja begangen wurden! In einem dunklen Winkel sah er Gerstl, der verzweifelt mit einem Hünen rang, welcher ihm die Luft abdrückte. ›Da is noch einer!‹, schrie es, und ein schwarzbehandschuhter Finger zeigte auf Karl, dessen Zurückweichen in taumelnde Flucht umschlug.

XVII

Aber dem Obermayr sagst noch nix, gell. Erst wannis genau weiß. Der hat no kan Finger für di grührt.
Nauja, bein Direkta hat a was gsagt.
A scho was! A Befördarung ghörat her!
Das geht ned so leicht, Vatta, da gibts einen Plan.
Das san ma Sachen...

Zur Feier des Tages hatte der Doktor Karl das Du-Wort angetragen, nun verkehrten sie per ›Karl‹ und ›Vatta‹ (gleich beim Erwachen am 31. Dezember hatte Karl seinen Respekt vor der Welt wiedergefunden; er getraute sich nicht, den Doktor ›Gustav‹ oder gar ›Gustl‹ zu nennen). Es war eine stille Silvesterfeier, denn August hatte sein Kommen zwar zugesagt, es aber dann vorgezogen, mit Isolde daheim bei den Huberischen zu feiern. ›Woast, Gustl‹, hatte er ins Telefon gebrüllt, ›oamoi umfoin und i bin dahoam. Vo dia miaßati no mitn Auto hoamfoan. Des isma zgferlich.‹ – ›Jetz hams wieda oan vo di unsrign in da Reißn, die Huaberischen...‹ war der versonnene Kommentar des Doktors zu Augusts Ausbleiben gewesen.

Franziska fuhr Karl zärtlich durchs Haar – ›Ein richtiger Detektiv bist, Karli‹, sie war stolz auf ihren Bräutigam, ein richtiger Detektiv wie im Film! Am liebsten hätte sie gleich ihre Freundin Gabriele, die auch im Stahlwerk angestellt war (als Chefsekretärin allerdings) angerufen. Die würde schauen! Aber Karl hatte ihr das Versprechen abgenommen,

keiner Menschenseele auch nur ein Wort zu sagen, ›geheime Kommandosache, verstehst? Am Dienstag platzt dann die Bombe. A was, a Atombombm!‹ Es ging gegen Mitternacht, und Gustav Mayrhofer (der es nie erwarten konnte) hantierte schon an der Sektflasche herum. Draußen explodierten vereinzelt Knallkörper.
Aufpassen, Papsch, geht ja alles daneben!
Holst halt an Fetzen.
Nach meina Uhr is eine Minute vor zwölf.
Die geht ja hinten.
Zaumgläut hams aa noch ned.
Zwöfe is, Schluß aus.
Jetz is eh zwöfe.
Schau, s Feiawerk!
Prost! Prost.
Sie tranken auf die Gesundheit, auf ein langes Leben, auf Karls Beförderung, auf die Hochzeit und (ohne es auszusprechen) auf das Ende des Trauerjahres 1955.
Dienstag. Kaum Parteienverkehr, denn wer geht schon freiwillig am ersten Arbeitstag des neuen Jahres ins Magistrat, den Beamten wars recht. Karl gab sich Mühe, seine Aufregung nicht allzu deutlich zu zeigen und stieg schnurstracks in den Keller hinab, ohne ein Wort über sein Vorhaben zu verlieren. Er wußte um die Beschaffenheit des letzten Glieds in der Kette, er allein, der Detektiv Meier (so nannte ihn Franzi seit vorgestern, besonders, wenn es zu Zärtlichkeiten kam). Ein rosa Formular wars, das Stammdatenblatt, im Amt nur *Lebensberechtigungsnachweis* genannt. Der Ausdruck war nicht übertrieben, denn diese Über-Urkunde hielt fest, daß alle Einzelurkunden, die das Menschsein, das Staatsbürgersein eines Antragstellers nachwiesen, einmal vorgelegen hatten. Alle Amtshandlungen basierten auf jenem ersten Blatt, dessen Inhalt nur in Ausnahmefällen geprüft wurde. Diese Denkweise – was damals richtig war, kann jetzt nicht falsch sein – hatte den Korruptionisten bisher vor der Entdeckung bewahrt.

Karl entschlüsselte (nach einem einfachen Verfahren, welches jedoch unter das Amtsgeheimnis fällt) den Standort des Stammakts *Voska Hermine.* Er zog einen Arbeitsmantel über, ergriff einen der ausrangierten Bürostühle und stieg hinauf. *Vesper, Volck, Voska. Voska Hermine.* Er drehte und wendete den Ordner, dahammas! Langsam blätterte er den Akt von hinten nach vorne durch, zögerte die Entdeckung hinaus, denn solche Augenblicke gibt es im Leben nur einmal, wenn sich der Mensch über seinesgleichen erhebt. So steigt der Triumph in einem auf, der die Gletschernacht im Biwaksack verbracht hat und nun die ersten Sonnenstrahlen eines klaren Tages, der über den Zinnen des Massivs anbricht, erblickt, die Wärme mehr ahnend als fühlend. So mag es in Cortez aufgestiegen sein, als er nach dreißig Tagen durch den Dschungel auf jenem Hügel Dariens die Bläue beider Weltmeere aufschimmern sah!

Genauer besah er Seite für Seite, er war im Jahr Neunzehnhundertachtundvierzig, noch ein Blatt zu wenden, auf weiß folgte rosa, das letzte Blatt, das erste Blatt und es war siebzehn Uhr achtundzwanzig, damals hatten sie noch den ovalen Stempel (jetzt war er rund) *Für die Richtigkeit der Angaben,* und die Unterschrift war von Jelinek.

Was nun? Karl saß im Keller (saukalt wars) wie in einer Falle, denn oben war Friedrich Jelinek, wie sollte er an dem vorbeikommen? ›Ein fauler Apfel und die ganze Steigen ist hin‹ – wie recht hatte die Mutter doch gehabt mit ihrem Verbot. Und der arme Gerstl sitzt im Narrenhaus. Das war zuviel an Verantwortung, ob er einfach so tun sollte, als wäre nichts gewesen? Das Leben so weiterlaufen lassen? Was konnte einer allein gegen die Jelineks dieser Welt ausrichten? Neineinein! Nie mehr würde er Jelinek in die Augen schauen können! Karl dachte an den verheißungsvollen Blick Franziskas – ›Ein richtiger Detektiv bist, Karli‹ –, dann wußte er, was zu tun war.

Nehmens bitte Platz.

Dankschön.

Mögens an Kaffee?
Nein, danke vielmals.
Was gibts denn so Eiliges?
Ein anderer Obermayr empfing Karl in der Parteizentrale, wo er als maßgeblicher Funktionär ein herrschaftlich möbliertes Büro mit eigenem Vorzimmer innehatte. Eine Aura von Behaglichkeit und Bedeutung lag über dem Raum, den Obermayr jeden Morgen meist unzufrieden betrat (weil die Gattin genörgelt oder gar schon beim Frühstück ins Horn gestoßen hatte), worauf er eine hochinteressante Metamorphose durchmachte. Auch heute hatte der erste Mokka die Magenwände versengt, das notwendige Übel, um den Geschmack des daheim genossenen Gebräus loszuwerden, eine abscheuliche Mischung aus Malzkaffee, Stärkungsmittel und einem kümmerlichen Rest echten Bohnenextrakts, denn Frau Gisela war um die Gesundheit ihres Gatten besorgt und ließ ihn nicht eher fort, bevor er nicht den Inhalt des großen Häferls bis zum letzten Schierlingsschluck geleert hatte. Nach dem Mokka umschritt der Stadtrat (einmal links- einmal rechtsherum) seinen Schreibtisch, nicht ohne sich ebensooft vor dem Bildnis des Präsidenten ironisch zu verneigen, entnahm dann dem lackierten Kästchen eine erste Zigarre und ward, Rauchschwaden ausstoßend, endgültig zum Parteifunktionär. In seine Züge kehrte jene ölige Ruhe ein, die den Berufspolitiker auszeichnet. Hier, in seinen Räumen, waren keine Reden zu halten, fanden keine Versammlungen oder Debatten statt, hier empfing man Bittsteller, hier war man ein Mensch.
›Da sieht mas wieder‹, murmelte er zwischen Karls Ausführungen, bearbeitete gleichmäßig nickend seine Zigarre, indem er da und dort ein Endchen abkniff, den Stengel prüfend ans Licht hielt, um ihn endlich zu entzünden. Obermayr schaute erst auf, als er den aromatischen Rauch einzog (Sumatra mit perfektem Deckblatt und nicht etwa Fehlfarben). Er sprach kaum ein Wort, und Karl zweifelte einen Augenblick, ob da tatsächlich Obermayr vor ihm säße. Hatten etwa

die Todesfälle in der Familie eine ungesunde Melancholie ausgelöst? Karl, der den Stadtrat zum erstenmal in dessen Amtsräumen aufgesucht hatte, konnte nicht ahnen, daß dieser Mann, der vor ihm saß, mit jener gehetzten Existenz, die Obermayr in Gesellschaft seiner Frau oder des Doktors, bei Ansprachen oder offiziellen Anlässen anderer Art zur Schau stellte, nichts gemein hatte. Vor ihm saß ein Verantwortlicher, ein Planer, den selbst Katastrophen nicht aus der Ruhe bringen konnten, der höchstens ›keine Panik‹ oder ›das Leben geht weiter‹ äußerte.
Na, und weiter, erzählens doch!
Also der Fritz.
Sagens doch immer den vollen Namen dazu!
Also der Fritz Gerstl.
Der heißt doch sicher Friedrich.
Also der Friedrich Gerstl.
Was sagens denn das ned gleich!
Karls Beklemmung wuchs, und sein unheimliches Gefühl bewog ihn, nach einem Fluchtweg Ausschau zu halten, denn er befürchtete, die unnatürliche Ruhe des Stadtrats könnte augenblicklich in Raserei umschlagen. Doch nichts dergleichen geschah, und nach einer Weile, die er benutzt hatte, gelbgraue Schwaden in die Luft zu paffen, fragte Obermayr fast vergnügt nach den näheren Umständen.
Ein schwerwiegender Vorfall, ein Verbrechen zweifellos, aber schließlich sei das nicht der erste Fall. Seit dem Kriegsende, wo alles anders geworden sei, habe man die tollsten Sachen erlebt, die fast immer so dilettantisch ausgeführt waren, daß gröberer Schaden verhindert werden konnte. In eine Reihe mit dem aktuellen Fall lasse sich nur der dieses Schlaumeiers — na, wie hat er gleich gheißen, is eh lang und breit in der Zeitung gstanden — aus der Gartenbauabteilung stellen. Oberhuber, na Ostermayer, ja Franz Ostermayer habe über ein paar Strohmänner die drei wichtigsten Friedhofsgärtnereien, Goldgruben sag ich Ihnen, in seine Hände gebracht.

Geradezu gescheffelt habe der das Geld — Obermayr holte weit aus, um den Umfang des betrügerischen Geschäfts anzudeuten — ein raffinierter Hund! ›Argentinien‹, fügte der Stadtrat bedeutsam hinzu. Karl war sprachlos, schlimmer, er war ratlos. Wollte der Stadtrat etwa gar nichts unternehmen? Ruhig thronte er hinter dem riesigen Schreibtisch, auf dem er ab und zu ein paar Dinge zurechtrückte, unablässig an seiner Zigarre ziehend, den Blick träumerisch ins Weite gerichtet.
Alsdann, Herr Stadtrat
Momenterl noch, gleich hab ichs.
Tschuldigens, bitte.
Erstens: kein Wort zu niemand.
Eh nicht.
Zweitens: kein Wort zum Gustav. Warum, wissens eh.
Warum?
Der is eine Ratschn. Im Vertrauen!
Wieder einmal fühlte sich Karl von Obermayr ertappt, der schien einfach alles zu wissen! ›Vor allem aber: kein Wort zum Ruhpoldinger! Wehe Ihnen!‹ Der Stadtrat drohte mit dem Zeigefinger, und damit war Karl entlassen, ›das Weitere nehm ich selber in die Hand‹.
In Wirklichkeit wußte Obermayr seit einer Woche Bescheid, und zwar gerade durch Ruhpoldinger. Der hatte gleich beim Auftauchen des Gerüchts seine eigenen Leute ermitteln lassen (mit ebensowenig Erfolg wie die Gegenseite), es war eine Parallelaktion im klassischen Sinne. Als sich die Obermayr-Partie an Gerstl festgebissen hatte, den Ruhpoldinger zu gut kannte, um ihm ein derartiges Verbrechen zuzutrauen, griff der Personalvertreter selbst ein. Er verließ sich dabei aufs väterliche Erbteil, den sicheren Blick des Roßhändlers. Auch durchs dichte Fell hatte sein Vater schwache Sehnen, Schlottergelenke und andere Deformationen erkannt, ohne das Pferd nur zu berühren. Die Leute hatten gemunkelt, daß ein Blick von ihm aufs Gemächt eines Zuchthengstes genügt habe, um dessen Zeugungsfähigkeit einzuschätzen. Die Abergläubischen schrieben Ruhpoldinger senior deshalb aller-

hand Fähigkeiten zu, ein drittes Auge oder sonst was. Doch das Roßhändlergeheimnis bestand lediglich darin, dem Blick des Roßtäuschers (wenn der sich unbeobachtet fühlte) zu folgen. Ruhpoldinger junior ging nicht anders vor, er zählte zwei und zwei zusammen: einer braucht Geld. Ist er verheiratet, braucht ers für den Hausbau, ist ers nicht, braucht ers für die Nacht, zum Lumpen. Der ersten Annahme nachzugehen war sinnlos, denn schätzungsweise jeder dritte Beamte war Häuslbauer oder hatte seins schon fertiggestellt (brachliegende Gründe innerhalb des Stadtgebiets erlebten damals eine Bauwut ohnegleichen, die von Sparkasse, Land und Regierung noch angestachelt wurde). Da ist nichts zu holen, sagte der Instinkt und setzte alles auf die zweite Möglichkeit. Obermayrs Warnung vor Ruhpoldinger, wenn auch im nachhinein, war nur zu berechtigt, denn das Vorgehen des Personalvertreters entbehrte nicht der Durchtriebenheit.

Es gibt zwei Arten von Witzerzählern; die einen verderben den besten Witz durch falsche Akzentuierung, Auslassen zentraler Bestandteile, Verraten der Pointe (›Also, vorher war natürlich noch...‹), meistens lachen sie unmäßig dabei. Die anderen sind Meister der Reproduktion, doch es fehlt ihnen am Schöpferischen. Diese Gewaltentrennung wird dadurch noch rätselhafter, daß ausgerechnet jene, die als Betbrüder bekannt sind, die besten Witze auf Lager haben. Ruhpoldinger war ein Mischtyp, der weder eigene Witze ersinnen konnte noch ein begnadeter Erzähler war und trotzdem in dem Ruf stand, die meisten Herrenwitze zu kennen. Er nutzte einfach das reichhaltige Potential der anderen Seite; Pointen, die während der Wandlung oder im Halbdunkel des Beichtstuhls ersonnen worden waren, übernahm der Roßhändlersproß, um sie schenkelklatschend weiterzuerzählen, ja er scheute nicht davor zurück, böswillige Abänderungen vorzunehmen, aus dem ›Sozi‹ einen ›Schwarzen‹ machen und den Witz gegen die Intention des Ersterzählers zu kehren. Bei Versammlungen von Partei oder Gewerkschaft hatte er damit (weit öfter als verdient) die Lacher auf seiner Seite. Ruhpoldinger suchte also seine Lieferanten auf und fragte (nach Anhörung des neuesten Materials), wo sich sein Bruder — ein Landmaschinenhändler, der geschäftlich in der Stadt zu tun hätte — so *richtig* amüsieren könnte (ein Zwinkern auf dem ›richtig‹). Auf Umwegen (wobei er das frische Witzgut wieder veruntreut hatte) langte er schließlich bei Jelinek an.

Der war geschmeichelt, daß der große Ruhpoldinger ausgerechnet bei ihm in einer so intimen Angelegenheit Rat suchte. Die eigene Geltungssucht wurde Jelinek zum Verhängnis, ihm, der all die Jahre so vorsichtig gewesen war! Im Blutrausch des Augenblicks erging es ihm wie dem Frettchen im Hühnerstall, das blind mordet, bis es vom Bauern erschlagen wird.

Im Rosenstüberl? Gehns, da is doch nix los.
Na und ob, bitte, wenn ichs Ihnen sag!
Da sitzen doch nur a paar Halbstarke herum.
Am Freitag, wenn Danzing is, und am Samstag!
Dann tanzens, des weiß ich auch.
Aber was für Weiber! Das wissens gar ned?
Sonst tät ich Sie ned fragen.
Oiso: drei sitzen immer an der Bar, a Rote und zwaa Blondinen.
Fesch?
Freilich. Denen spendierens, oda da Herr Bruda, ein paar Drinks.
Wos?
Na was zum Trinken.
Ah so!
Die Rote haaßt Lilli, aber eigentlich haaßts Elfriede.
Echt rot?
Die is echt, hundertprozentig! Die Blonden san gfärbt.
Endlich einer, was sich auskennt!
Dann verließ Friedrich Jelinek die Ebene des Unverbindlichen (auf der Akzent und Andeutung die Sinngebung besor-

gen). Es genügte ihm nicht, alles zu erklären, ohne es zu sagen und dennoch verstanden zu werden, sondern er breitete seine profunde Kenntnis des städtischen Nachtlebens vor seinem Zuhörer aus, der bald wußte, daß er den Richtigen in seinen Pratzen hatte. Wenige Stunden später hatte Ruhpoldinger nur noch eine Sorge, nämlich daß die eigene Parteipresse mit der Meldung vorzeitig herausplatzen könnte. Doch auch hier lächelte ihm das Glück des Durchtriebenen: um die Feiertage herum war die Redaktion noch schläfriger als gewohnt und wußte die Konferenzen, welche um diese ungewöhnliche Jahreszeit stattfanden, nicht zu deuten. Man sollte versuchen, die leidige Sache im Geiste der Zusammenarbeit zu lösen, denn mit einem Skandal wäre niemandem gedient, ›Ihrer Partei schon gar ned‹, sagte Ruhpoldinger zum Abschluß. Er hörte gerade noch, wie der Stadtrat am anderen Ende seine Zigarre zerbiß.

XVIII

I komm gleich!
Heit kanners wieder.
Des kannst laut sagen.
I komm ja scho, Papsch!
Geh lieber.
Aba den Wickel laßt oben, gell?
Bringst ma meine Tablettn mit?
Immer wieder riß ein Pumpern, das von der Zimmerdecke kam, Franziska vom Krankenbette Karls, der unter der Gewalt von Fieber und Medikamenten zitterte. Im Oberstock war der Doktor zu versorgen, der mit einem Beinbruch darniederlag — Resultat eines Ausweichmanövers auf freier Strecke, wie er behauptete. Auf dem Heimweg von Straßberg sei ihm plötzlich ein Reh vor den Wagen gelaufen, der Straßengraben konnte noch gemeistert werden, dann aber stand eine Buche im Wege. Zwei Stunden hatte der Doktor mit seinem gebrochenen Bein warten müssen, bis er gefunden wurde. Vor Antritt der Fahrt, die mit einer Oberschenkelfraktur und einem leichten Schock und Unterkühlung geendet hatte, war er bei August gewesen, der ihn ›weils saukoid is‹ mit ein paar Stamperln Obstler aufgewärmt hatte (›Do, Gustl, trink man no an, a Sauheitana, doppöt brennt‹). Der Doktor hatte sich das nicht zweimal sagen lassen, immerhin zeigte das Thermometer zwanzig Grad minus.
Nun lag er zu Hause, denn das Krankenhaus hatte er vorzeitig gegen Revers verlassen. Dr. Mayrhofer war von jener Sorte Patienten, die man als ›schwierig‹ bezeichnet, um sie nicht ›unausstehlich‹ nennen zu müssen. Wenn seine Leibschüssel ausgetragen wurde, oder die Tochter ihn wusch,

keimte Wut auf, das Aufschütteln von Polster und Tuchent machte ihn geradezu rasend. Dann begann auch das Bein unter dem Gipsverband zu jucken, und zitternd vor Zorn suchte er nach der Stricknadel, mit der er sich zu kratzen pflegte; die Besuche Augusts verschlechterten seine Laune noch mehr. Dabei wollte der nur etwas Sonne ins triste Leben der beiden Patienten bringen. Jeden dritten Tag kam er auf Visite, sprach dem fiebernden Karl ein aufmunterndes Wort, welches der mit dankbarer Heiterkeit quittierte. Den Doktor aber erbitterten die harmlosen Witze Augusts, er reagierte ›wia a augschossane Wüdsau‹ (um mit den Worten seines Bruders zu sprechen).
Nau, wia samma heit beinaund?
Der Hundsfuaß! Deifl!
Hosti wieda krotzt. Ois volla Bluat. Geh, geh!
Luadasfuaß, damischer!
Jojo, Buchen sollst du suchen, gell Gustl?
Deifl! Herrmm!
Karl war da geduldiger und ließ von Injektionen bis zum Anlegen von Essigpatschen, denen von alters her eine fiebersenkende Wirkung zugeschrieben wird, gleichmütig alles an sich vornehmen, ohne Widerwort. Allerdings lastete auf ihm eine Fieberdämmrigkeit, tief lagen seine Augen (sie irisierten wie Pfützen bei einer Tankstelle) in ihren Höhlen, und in seinen eingefallenen Zügen spiegelte sich die bizarre Schönheit des Fiebers, die Franziska unwiderstehlich anzog.
Karl verdankte seine Lungenentzündung dem Eishauch des Aktenkellers; der dauernde Kontakt mit der kalten Sitzfläche des Bürostuhls hatte noch dazu eine Unterleibsentzündung ausgelöst, die den Einsatz einer Leibschüssel unumgänglich machte. Durch dieses Doppelmalheur, zwei Pflegefälle in einem Haus, war der Hochzeitstermin weiter ins Frühjahr gekollert, die Hochzeitsreise fiel ganz aus, weil Franziska ihren Jahresurlaub jetzt schon in Anspruch nehmen mußte. Wenn nur der Papsch nicht so lästig gewesen wäre! Der trank, obwohl aus ärztlicher Sicht nichts dagegen gesprochen hätte,

vor lauter Wut nicht einmal Veltliner — ›Wer im Bett liegt is krank, und wer krank is kriegt nur Tee zum Saufen‹, so hatte er immer gesagt, und erstaunlicherweise hielt er sich selbst daran; dauernd wollte er Tee.
Karl konnte eigentlich zufrieden sein, denn er hatte seine Aufgabe im Untergrund zur Zufriedenheit aller Beteiligten gelöst, mit rasselndem Atem die Schandzeugnisse von Jelineks Schuld zusammengetragen. ›Suchens mir alles zamm, seins so gut, aber alles. Sie kennen sich da besser aus als ich‹, hatte ihn der Stadtrat Obermayr gebeten, ›aber sinds mir schön vorsichtig, daß die andern ja nix merken!‹. Die Kollegen waren an Karls Kellergänge gewöhnt und dachten dabei an nichts besonderes.

Probleme sind oft schon gelöst, ohne daß es dem, der — wie Karl — hartnäckig weiter an seiner Aufgabe werkelt, auffällt. Ja, sie weigern sich, der Vergangenheit anheimzufallen, wie manche Sterne dem Unkundigen eine Existenz vortäuschen, die schon vor Anbeginn menschlichen Lebens erloschen ist. Karl hatte noch nicht alle Akten zusammen, da wurde die leidige Sache bereits auf höherer Ebene ausgehandelt.
Grüß dich, Stadtrat.
Servus, Doktor Falk.
Ja der Ruhpoldinger is auch scho da. Begrüße Sie.
Jetz setz mir sich erstamal in aller Ruhe hin.
Und bestell ma gleich was.
Siegstas, aufamal hat die Gewerkschaft guate Ideen.
Trinkma einen Roten?
Na, an Schwarzen kemma ned trinken.
I bin für Weißen.
Rotwein, Hände hoch! Weißwein, Hände hoch. Einen Liter roten und an weißen!
Sodawasser?
Brauch ma ned.
Und Glaseln!

Wieviel denn?
Zwölf.
Naa, elf samma.
Und i?
Oiso zwöf.
Doktor Falk hatte die Sache in die Hand genommen, erst einmal anstoßen, dann verhandeln. Beide Parteien begannen vorsichtig, mit dem Senkblei der Unverbindlichkeit suchten sie nach dem richtigen Kurs. An die große Glocke wolle man die Sache nicht hängen, jetzt, da schon so viel Porzellan zerschlagen worden sei. Dann kam Obermayr zum Einsatz (Störfeuer), der Gegner nahms gelassen hin. Der Stadtrat hätte viel noch zu sagen gewußt, doch er schloß nach zehn Minuten (wie abgemacht), nachdem er den heiligen Augustinus zitiert und seiner Sorge um die ordnungsgemäße Abwicklung des diesjährigen Maskenballs Ausdruck verliehen hatte. Wanderschuhe hin oder her, die Taktik hatte Vorrang, Obermayr nahm schnaufend wieder Platz, denn nun traten die Unterhändler beider Parteien auf den Plan. Wie üblich stand ein Kompromiß in Aussicht, der im wesentlichen aus einer Anzahl von Postenverschiebungen und -neubesetzungen bestand.
Daß die Schwarzen nachgeben mußten, war klar, aber sie wehrten sich kräftig. Ja, sie stellten sogar die Parteizugehörigkeit Friedrich Jelineks in Abrede, von der wirklich jedermann wußte.
Mir ist da nix bekannt. In meiner Zweigstell is kein Jelinek in der Kartei.
Tatsache?
I kenn ihn jedenfalls auch ned.
Wie schauter denn aus? Is so ein Langer mit an Schnurrbart?
Alt oder eher jung?
Jetz is aber Schluß, meine Herrn. Sakra nochamoi!
Ruhpoldingers Machtwort brachte den Durchbruch – ›vo mir aus, is er halt Mitglied. Gewesen jedenfalls! Der is so gut wie ausgschlossen‹; die anderen gaben klein bei. Aber der

Personalvertreter hatte noch nicht genug – ›Wiads Käuwö billiga, wiad d'Kua aa billiga‹, das Familienmotto! (obwohl sie später nur noch mit Pferden gehandelt hatten). Nur mit Mühe wäre es ihm gelungen, einen Volontär von dessen Vorhaben abzuhalten, einen groß aufgemachten Artikel, ja eigentlich eine Serie, im Parteiorgan zu veröffentlichen. Wie der, der Dings, von der Sache Wind bekommen habe, keine Ahnung. Sogar der Scheffredakteur, dem auch der Gegner eine gewisse Loyalität nicht absprechen könne, hätte ganz schön Mühe, den Burschen bei der Stange zu halten. Ruhpoldinger stattete sein Phantom noch mit ein paar furchterregenden Eigenschaften aus, und manch ein Genosse hatte Mühe, sich das Lachen zu verbeißen – ›So a Hund!‹. Die christliche Schar wurde unsicher, ja verschreckt und glaubte daher das Unwahrscheinliche statt das Naheliegende (daß Ruhpoldinger log wie gedruckt). Als der Personalvertreter auf die erst neulich überstandene Affäre in der Elektrizitätsgesellschaft zu sprechen kam, war es um ihre Fassung geschehen. Obermayr knackte vor Nervosität mit den Knöcheln. Eigentlich gehe es nur um drei Personen: den Meier, den Jelinek und den Dings. Er, Ruhpoldinger, wolle den übernehmen, der von Berufs wegen am unruhigsten sei, den Reporter. Dem das Maul zu stopfen sei kein Kunststück, jaja, aber wie denn, mit leeren Händen, ›Kennsti aus?‹ – ›Wie denn?‹, die Gegenfrage bewirkte, daß sich die Elemente nach Ruhpoldingers Plan schieden: Wasser auf seine Mühlen, Öl ins Feuer seiner Beredsamkeit. Also, Chef vom Dienst käme natürlich in Frage, aber der Posten sei schon besetzt.
Und Chefredakteur?
Nana, Herr Stadtrat, so schnell gehts bei die Sozi a wieder ned. Wozu gibts an Aufsichtsrat?
Hörens, der is doch erst Zwanzig. No nedamal volljährig.
Und der Scheff von Dienst, der alte?
Der wollt eh scho immer Scheffredakteur werdn.
Dann paßts eh!
Und was mach i mitn Scheffredakteur?

Ah so!
Das war das Stichwort, und man kam überein, den Posten des Pressereferenten im Landtag, der seit Menschengedenken stets mit einem Schwarzen besetzt gewesen war, der anderen Seite abzutreten.
Dann bleibt uns der aber über.
Der Wiglbeyer, der Pressereferent.
Das is wohl Ihre Sach!
Kommt er halt in Aufsichtsrat bei die E-Werke.
Jetzt spinnst aber, Stadtrat! Do ned in die E-Werke!
Dann halt ins Stahlwerk.
Ob ma da noch a Platzerl freiham is fraglich.
Das mach ma sich am Mittwoch aus.
Der letzte Satz klang wie ein Befehl, weil Obermayr sich so dumm angestellt hatte. Ausgerechnet die E-Werke, wo so ein Wirbel gewesen war! Dr. Falk beutelte den Kopf. ›Bleim noch Meier und Jelinek‹ (er wurde sachlich), ›die müssn auseinand, auf jeden Fall, und was bleibt uns über?‹ In Frage käme nur eine Beförderung, so bedauerlich das im Fall Jelinek auch sei. Aber eine Strafversetzung mache einfach zuviel Wirbel (Dr. Falk sprach das Wort aus, als handle es sich um etwas Obszönes). Was den Schaden betreffe, der ganz beträchtlich sei, soviel man jetzt schon wisse, den könne der Meier als Leiter des Außendienstes im Sozialamt sukzessive wieder beheben. Sprich, alle Parteien unter einer bestimmten Altersgrenze, die noch festzulegen sei, höflich aber bestimmt auf die ihnen zustehenden Zuschüsse zurückzustufen. Eine Schadenwiedergutmachung? Zu überlegen, aber wahrscheinlich viel zu kompliziert. Die älteren Herrschaften? ›Glaums mir, das erledigt sich über kurz oder lang selber‹, schloß er mit einem Lächeln. Der kannte sich aus, sonst wäre er nicht Amtsdirektor geworden.
Als Obermayr in die Stille hineinplatzte und vorschlug, zur gegenseitigen Absicherung beiden Parteien eine Anzahl von Abzügen dieser Liste, sobald sie erstellt sei, zukommen zu lassen, handelte er sich noch einen Rüffel ein, diesmal von

Ruhpoldinger (der nicht ausstehen konnte, wenn jemand mit den Fingern krachte). ›Amtsinterna sin das, lieber Freund, und in der Demokratie ham schwarze Listen nix verloren! Gar nix, verstehns mi!‹ Außerdem bei heiklen Angelegenheiten: ›Nix Schriftliches, verstehns mi!‹

XIX

Die Dinge kamen wieder ins Lot, als sei mit dem Trauerjahr ein Bann, der über der Familie gelegen war, verflogen. An Frau Antonies Sterbetag hielt Pfarrer Gebhardt eine Seelenmesse, dann aber zog die Normalität in Uniform der Selbstverständlichkeit ein, es wurde geheiratet anstatt gestorben. Einzig der Doktor fügte sich nicht in dieses Aufblühen, der Schatten wollte von ihm nicht weichen. Er war trotz Franziskas Bemühen, dem Papsch das Leben so angenehm wie möglich zu machen, unruhig. Er war unzufrieden und wußte nicht warum.
Was magst denn morgen essen, Papsch?
Ach, mir is wurscht.
Soll ich da a Schnitzerl machen? Mit Erdäpfelsalat?
Wennst magst.
Ißtas dann auch?
Ich eß, was aufn Tisch kommt.
Die süßen, angenehmen Düfte des Frühlings bedrückten den Doktor, statt ihn fröhlich zu stimmen, die Krokusse im Gärtchen waren ihm zuwider und auch sein Leibgericht, das öfter als gewohnt auf dem Tisch stand, nötigte ihm höchstens ein gezwungenes Lächeln ab. Gustav Mayrhofer konnte sich eines befremdlichen Gefühls nicht erwehren, wenn er hörte, wie Franziska als ›Frau Meier‹ angesprochen wurde. Es war die Veränderung der Lebensumstände, die ihn melancholisch machte. War ein Formular auszufüllen, deprimierte ihn schon die Tatsache, daß er *verwitwet* ankreuzen mußte, und an den Abenden flüsterten Stimmen in ekelhaftem Falsett von der Trostlosigkeit des Lebens, der Einsamkeit des Alters. *Fünftes Rad, alter Depp, bist fehl am Platz* – der Doktor

reagierte darauf mit Haß, denn er wußte, daß Weinerlichkeit den Anfang vom Ende jedes Tierarztes bedeutet. Wie gern hätte er sich in seiner Arbeit vergraben, doch es gab nicht viel zu tun, ein Umstand, der für den Tierfreund, ein solcher war der Doktor, wenn auch mit Einschränkungen, zweifellos, Grund genug gewesen wäre, behaglich zurückgelehnt die Ruhe zu genießen. Die Stunden des Wartens auf einen Anruf verbrachte er in stillem Grant (ein altes Hausmittel gegen Melancholie), und wenn Franziska ihn zum Abendessen rief, fuhr er wie aus schweren Träumen auf.

Haut sich auf den Boden!
Was für Leut gibt.
Ned auf die Knie, in aller Läng!
Wirklich?
Heult Rotz und Wasser. Und gwuzelt hat sie sich.
Und weng was?
Weng der Zurückstufung. I hab ja nur mit lauter Gängster ztun momentan.
Und dann?
Gschrien hats, daß das ganze Haus zsammgrennt is!
Karl kam meistens spät nach Hause, denn es gab viel zu tun. Schier täglich passierten aufregende Sachen, er mußte die Parteien, welche an der Affäre beteiligt waren, verwarnen, ihnen das Verwerfliche ihres Tuns vor Augen halten und notfalls mit Strafverfolgung drohen. Franziska bemerkte voller Genugtuung, daß ein neuer Ton mitschwang, wenn Karl sprach, ein schneidender Unterton von Macht, daß seine Gebärden Nervigkeit ahnen ließen, seine Küsse heftiger waren als ehedem.
Der Doktor war wieder einmal nicht bei der Sache. Nicht daß er Karl den Erfolg mißgönnt oder an der Wahrheit seines Berichts gezweifelt hätte, Dr. Mayrhofer fehlte es einfach an jenem Zauber, der prickelnden Begeisterung, die sein eigenes Berufsleben früher erfüllt hatte. War in den letzten Wochen tatsächlich etwas von Belang passiert? Nichts! Nicht einmal

ordentlich geärgert hatte er sich. Das tägliche Einerlei der Fleischbeschau im städtischen Schlachthof war schon immer lästige Pflicht gewesen, und es würgte ihn, wenn er daran dachte, wie ihm am nächsten Morgen der Geruch von frischem Blut in die Nase steigen würde. Da war ihm die Mahlzeit verleidet.
Papscherl, iß doch was!
Wenn ich nimmer kann.
Immer dünner wirst.
Schau Vatta, s Leben geht doch weiter.
Freilich gehts weiter.
Da, das Stückerl ißt noch, gell.
Waun i nimma kaun, Kreizdeifl!
Franziska war die gezwungene Art, wie sie Menschen an den Tag legen, in denen ein Kummer nagt, die aber ihre Umgebung verschonen wollen, längst aufgefallen. Was aber sollte sie unternehmen, um den Vater aufzuheitern?
Sie begann ihn zu umsorgen, mithin das Verkehrteste, was sie tun konnte. Von der eigenen Tochter verhätschelt zu werden hatte dem Doktor gerade noch gefehlt. Oft und öfter suchte er nach einem Grund, dem Abendessen (Aufschnitt und besorgte Blicke) zu entgehen, indem er Stammtischbesuche vorverlegte, ausgedehnte Spaziergänge ohne Ziel unternahm oder Magenbeschwerden angab, was der Wahrheit entsprach, denn er schlief zuwenig und hatte neuerdings die Angewohnheit, beim zweiten Frühstück (nach der Fleischbeschau) zwei Tassen Kaffee zu trinken.
Das war ungewöhnlich, denn der Doktor hatte für Kaffee nur Verachtung übriggehabt (›braunes Nervengift‹), schon in seiner ursprünglichen Form war er ihm unsympathisch. Beim Einfüllen in die Mühle sprangen unvermeidlich etliche Bohnen davon, deren Existenz man erst wieder gewahr wurde, wenn sie (wie Wanzen) knirschend unter der Sohle zerbrachen – eine Sauerei also. Falls aber noch das Lädchen der Mühle klemmte, das Mahlgut über den Boden hinflog, dann war es um die Fassung Dr. Mayrhofers geschehen. Er enteil-

te, wutrote Flüche ausstoßend, und war den ganzen Tag unberechenbar. ›Arznei muß bitter sein‹ – unter dieser Devise hatte er die erste (und einzige) Tasse Kaffee hinabgegurgelt. Nun nahm er gar Milch und Zucker, drei, vier Stück! Auch so bekam ihm sein *natürlicher Feind* (wie er das Getränk gegenüber dem Kaffeebruder Obermayr in der Absicht, diesen zu reizen, bezeichnet hatte) ganz und gar nicht. Nach der zweiten Tasse überfiel den Doktor eine trügerische Fröhlichkeit, die jeden Augenblick in einen Rappel umschlagen konnte.

Manchmal ertappte er sich selbst beim Gedanken an einen neuerlichen Zornausbruch dieser Art und er erschrak davor; die Gefahr lag im Sinnieren, wie das Beispiel August gezeigt hatte. Wie aber sollte er der drohenden Starre entgehen? Ihm fehlte eine Aufgabe.

Der kummt doher.
Do in die Eckn?
Is jo aa a Eckbank.
Mei Gustl, des hätti aa gseng!
Obilossn, sche laungsam. Sodan!
Schee stehts do.

Langsam wurde aus dem Mühlenbauerhaus ein Schmuckkästchen, eine frischgekalkte Fassade, neue Vorhänge und blitzsaubere Fensterscheiben taten kund, daß die dumpfe Trinität von Mostfaß, Wirtshaus und Krankenbesuch endgültig abgesetzt war und Frau Venus ihre Hand schützend über das Häuschen hielt. Auch innen hatte die neue Zeit Einzug gehalten, waren die düsteren Bauernmöbel auf dem Dachboden verschwunden. An ihrer Stelle erglänzte nun helles Resopal.

Isolde Mayrhofer verteidigte ihr Heim mit Zähnen und Klauen gegen den Zugriff der Mutter und strafte all die bösen Zungen Lügen, die gemunkelt hatten (der Doktor inbegriffen), nun werde die Huber-Sippe das Kommando übernehmen. Isoldens erste Tat war die Vertreibung der Mutter aus der Praxis, wenige Tage nach der Hochzeit übernahm die neue Frau Doktor Telefondienst und Kartei. Sie bewährte sich gleich bei der ersten Verkühlungswelle, wobei sie die Führung und Umgestaltung des Haushalts sozusagen mit der linken Hand erledigte. Die Besuche Frau Katharinas sowie der Schwestern wurden auf ein erträgliches Maß reduziert, Verstimmung und Tränen waren die unvermeidliche Folge, wenn Frau Katharina zusehen mußte, wie ihre guten Ratschläge auf dem unfruchtbaren Boden der Halsstarrigkeit Isoldens verdorrten. Seufzend (aber nicht ohne Stolz) fügte sich die Mutter in ihr Schicksal und widmete ihre Kräfte fortan dem Bemühen, auch die übrigen Töchter an den Mann zu bringen.

Hat er a Fieber?
Neinadreißge.
Wielang denn scho?
Dgaunz Wocha is a scho liegerhafti.
Da hättens aber scho früher anrufen kennen.
I hauma denkt, er dafaungat si vo söban.
Oiso, mei Maun kommt heit no vorbei.
Waun kemmat a denn?
Am Naumittog.

Isolde war ehrgeizig. Dreißig Jahre Huber-Dasein, in denen die Aussicht, weiteren dreißig ebensolchen Jahren zu entgehen, immer geringer geworden war, und ihre kaum noch erhoffte Errettung hatten Kräfte mobilisiert, von denen sie selbst nichts geahnt hatte. Wie hell die Welt auf einmal war! Vorbei die Enge, die dunklen Tage des Eingeschnürtseins in die Huber-Häuslichkeit, fort das Korsett! Immer höher waren Isolde die Straßberger Misthaufen gewachsen, im gleichen Maß wie die Häuser schrumpften und ihre Freundinnen nach und nach geheiratet wurden und in die umliegenden Großbauernhöfe oder in die Stadt zogen. Noch war kein Jahr vergangen, seit sie den desparaten Entschluß gefaßt hatte, notfalls den Guggenbichler-Bartl zu nehmen, der keine Frau bekam, weil er hatschte und wegen seiner Beinschmerzen den Selbstgebrannten soff wie andere das Brunnenwasser. Isolde hatte keine Ruhe gegeben, bis August ihr gezeigt hatte, wie man Injektionen fachgerecht verabreicht; sie war darin geschickter als ihr Mann — ›Tan mas Sie gem, bittgoaschee? Bei Eahna tuats ned aso weh‹, baten die Patienten. Isolde war eine gute Köchin, Augusts Spitzbauch wurde größer und größer. Isolde wusch die Praxis jeden Tag mit einer Lysoform-Lösung, seit sie wußte, daß damit die Krankheitserreger abgetötet wurden. Nachts ging Isolde ans Telefon und weckte ihren Mann nur im Notfall, August trank tagsüber nur gewasserten Most und hatte das Tabakkauen aufgegeben. Jeden Samstag fuhr er Isolde in die Stadt, da besuchte sie ihre Nichte Franziska. Welche Frau kommt schon ohne eine beste Freundin aus?

Jetz kommens.
Pünktlich wie die Uhr.
Servus, Onkel Gusti; servus, Isolde; kommts eini.
Fast hättma an Hasn zammgführt.
Mögts an Kaffe, oda magst lieba ein Bier, Onkel Gusti?
Waunst oans host.
Karli, bringst in Onkel Gusti a Bier?
I trink aa ans.
Anfangs waren diese Besuche auf wenig Gegenliebe gestoßen, denn Franziska wäre nicht ihres Vaters Tochter gewesen, hätte sie nicht eine gewisse Reserviertheit im Umgang mit der Straßberger Verwandtschaft an den Tag gelegt. Andererseits war sie seit Karls Beförderung viel allein, der Papsch hantierte in seiner Praxis herum und die gelegentlichen Besuche Isoldens unter der Woche waren Franziska bald willkommen, zumal die ›Tante‹ bei weitem nicht so aufdringlich war wie die anderen Huber. Isolde und Franziska tauschten Schnittmuster und Bücher und verstanden einander im allgemeinen prächtig. August saß mit Karl auf der Eckbank, der Doktor kam mit der Flasche Wein und dann

taten sie Bauernschnapsen, das Bummerl um zehn Groschen. Die Stricknadeln klapperten dazu, wie in den Tagen Frau Antonies. Leider wurde dieses Idyll öfters durch weiteren Besuch gestört, und zwar durch Gisela Obermayr (in Begleitung ihres unvermeidlichen Gatten), die Augusts Wiederverheiratung erheblich mißbilligt hatte; doch ihre Neugier war stärker als ihre Abneigung. Wenn die beiden vorfuhren, ächzten die Kartenspieler, ›Oje, der Fredl‹. Wenn Obermayr etwas überhaupt nicht konnte, dann war es das Kartenspielen, was ihn nicht hinderte, es immer wieder zu versuchen. ›Oje, der Fredl!‹.

XX

Wenn sie nachher neben ihrem Gatten lag, war Franziska glücklich. Glücklich und zufrieden, einen Mann an ihrer Seite zu wissen, der (im Beruf und als Liebhaber) mit seiner Aufgabe gewachsen war. Die Verhältnisse hatten sich nämlich verschoben; in dem Maße, in dem sein Selbstvertrauen zunahm, die anfängliche Hast schwand, steigerte sich Franziskas Leidenschaft, sie lag ihm gewissermaßen zu Füßen. Den Kopf auf seiner Brust, überkam sie stiller Jubel, ein Seelenkirtag mit Liebeskarussell und Zuckerwatte; das niederschmetternde Gefühl, sich verschenkt zu haben, war verschwunden.
Schlafst scho, Karli?
Mhm.
I hab mir dacht, I gspür scho was.
Des gibts ned!
Dann wars von die Bohnen heut zmittag.
Mi druckens auch.
Franziska war schwanger. *Es* mußte bald nach Karls Gesundung passiert sein, der Facharzt hatte ihn nämlich zu ausgiebiger Aktivität aufgefordert, Wärme und nur Wärme sei die beste Medizin, um einem Chronischwerden von Unterleibsentzündungen vorzubeugen. ›Da hams ja ein Glück, daß grad so paßt‹, mit einem Glückwunsch zur bevorstehenden Vermählung hatte ihn der Urologe entlassen. Franziska allein wußte den Tag, an dem *es* passiert war, verriet Karl aber nichts, denn das waren Sachen, die nur die Frau etwas angingen, genau wie das Aufdieweltbringen. Erst hatte Karl sie gekitzelt, daß sie geglaubt hatte, ersticken zu müssen, sie hatte zurückgekniffen, zwei junge Hunde, so waren sie durch die Wohnung getollt, aufs Bett gefallen. Förmlich vom Leib ge-

rissen die Bluse und den Rock, ja, Karl war kräftig wenns darauf ankam, sie hatte gestrampelt und Karl getroffen, und klatschklatsch hatte er mit zwei Schlägen auf den nackerten Hintern Revanche genommen, klatschklatsch nocheinmal! Und dann vom Besonderen zum Allgemeinen; hernach war ihr schwindlig, Glück und eine leise Traurigkeit (die Geschwister) und plötzlich hatte sies gefühlt, ein kleiner Stich, als hätte etwas an ihr Innerstes gerührt.

Auch finanziell stand es nicht schlecht um das junge Paar, Franziska würde, sobald die Zeit gekommen war, ruhig in Karenz gehen können. Doblers Gemüsehandlung florierte, der Briefträger brachte jeden Fünften den Zins. Nützliches wurde angeschafft, ein Vakuum-Staubsauger der Marke ›Hoover‹, ein grauer Anzug, zwei moderne Röcke und ein Quirl. Für den Luxus sorgte der Doktor, sein sparsamer Lebensstil hatte ihm ermöglicht, einen ordentlichen Haufen auf die Seite zu legen. Seit seinem Geburtstag fuhr Karl auf einem grünen Motorroller (aus den Lohnerwerken) ins Amt, der ihm bei seiner Aufgabe gute Dienste tat – Dienstmopeds für den Sozialamtsaußendienst waren angeblich seit drei Jahren bestellt.

Jedn Tag in da Früh gfreu i mi.

Gehgeh.

Da hast mir aber eine Freud gmacht. Sowas Praktisches!

Hauptsach, du hast a Freud.

Und wie!

Fürs Wiegenfest seiner Tochter hatte Gustav Mayrhofer gleich zwei Überraschungen parat. Die letzten Takte des Schneewalzers im Wunschkonzert waren noch nicht verklungen, als es klopfte und in der Tür ein schüchternes Geschöpf stand. Mit einem weißen Schürzchen angetan (darauf hatte der Doktor bestanden) war Magdalena Pichler, Kleinhäuslerstochter aus der armen Region jenseits des Stromes (allgemein ›die entern Gründ‹ genannt) gekommen, um ihre Stelle als Hausmädchen anzutreten.

Der Doktor war von Franzis anderen Umständen noch nicht

in Kenntnis gesetzt worden, wußte aber Bescheid; zu auffällig war Karls Benehmen. Er sprang herbei, wenn Franziska vom Einkaufen kam, und nahm ihr den Korb ab. Er hängte die Wäsche auf, half ihr in den Mantel und am Samstagabend waren sie vor zwölf wieder daheim (sogar dem Landarzt wäre etwas aufgefallen). Gustav Mayrhofers Entschluß, eine Haushaltshilfe anzustellen, hatte mit Franziskas Schwangerschaft aber nichts zu tun, mit dem Gedanken hatte er schon monatelang gespielt. Freilich tat es gut, eine Weile umsorgt zu werden, aber von der eigenen Tochter, nein, das ging dem Doktor gegen den Strich, das roch nach Ausgedinge, nach Pension nach Hilflosigkeit, Kreizdeifl nochamal! Er würde der Einsamkeit trotzig ins Auge schauen und für seine Versorgung bezahlen, wie sichs gehört.

Mir scheint der Vater wird wunderlich.

Meinstas auch?

Die Tante Gisi hat gsagt, das gibt sich wieder.

Vor an Jahr hats das gsagt.

Aufs Geld schaut er auch nimmer so.

Solang ers ned die andern gibt.

Glaubst, er hat was gmerkt? Ich wollts ihm erst sagen, wenns ganz sicher is.

Sag ihms halt.

Glaubst, das hilft was?

Wird er sicher glei lustiger.

Er is ja nie da!

Der Doktor saß nach getaner Arbeit lange in den Bauernstuben herum und sprach über Gott und die Welt. Früher hatte er auch an ruhigen Tagen nie Zeit dafür gehabt, ›Alles erledigt‹ auf und davon war er. Nun dehnte er seine Visiten oft über Gebühr und kehrte mit einem Räuschchen (›an Döli‹) heim. ›Hams ihm wieder an Schnaps geben, die Deppen‹, schimpfte Franziska, wenn der Dreizylinder mit Schwung vorfuhr und so abrupt gebremst wurde, daß der Schotter spritzte, ›wirstes sehen!‹. Sie behielt immer Recht, der Doktor funkelte mit wäßriggrauen Augen und ging an den Kühl-

schrank, ›Oje hauni a sauan Mogn, dea Scheißschnops
— Eeeaak! Und an Schnackerl‹ und trank sein Achtel in einem
Zug aus. Meistens half das, und er konnte sein zweites
Glas schon wieder ›auf Genuß‹ trinken.
Es waren untaugliche Versuche (ditto die Kaffeetrinkerei),
dem Alltag zu entgehen, Zeichen von Revolte gegen die Langeweile.
Wenns arg kam, die Weinerlichkeit nicht zu vertreiben
war, dachte der Doktor an seinen Vater, dem eine verirrte
Kugel den Mittelfinger der Linken abgerissen hatte. Die
Sehnen durchtrennen (›die poa Flaxen‹), an denen das Stück
noch hing, und den Finger mit einem Fluch gegen die feindlichen
Linien geschleudert — ›Sauhund ös, mehra kriagts
ned!‹. Das war die Art der Mayrhofer, ein Trotz, der den
Dreschflegel schwang, das ›Es mueß seyn‹ aus den Bauernkriegen,
in denen ein direkter Vorfahr als Unterführer in Fadingers
Haufen gefallen war. Es war die Schlacht am Ledererwald,
der letzte Sieg des Bauernheeres vor dem Blutgericht.
Sinnend betrachtete der Doktor (wenn er glaubte, keiner sehe
ihm zu) seine Tochter; ein Enkerl also, vielleicht sogar ein
Bub! Ein Bub, der alle von den Alten begangenen Dummheiten
nocheinmal begehen würde. Ein Bub über den man mild
den Kopf schütteln konnte, mit einem Lachen, ›So a Raubersbua!‹
Ein Bub, in dem man fortleben konnte, ein bißchen
wenigstens, wenn dereinst die Zeit gekommen war. Und
daß er nicht Mayrhofer heißen würde, damit hatte sich der
Vater schon damals abgefunden, als feststand, daß Franziska
das einzige Kind bleiben würde, der Name würde schon
nicht aussterben, denn Mayrhofer gabs genug (in Straßberg
allein zwei Familien, die nichts miteinander zu tun hatten;
die andern wurden ›Moahofer‹ ausgesprochen, mit Betonung
auf dem zweiten ›o‹). Und der Gustl, in seinem Alter
Vater werden? Der Doktor hatte da seine Zweifel. Sonst aber
stand es nicht schlecht, die Familie war, wenn auch unter anderem
Namen, noch lange nicht am Ende: Franziska und
Karl waren jung und gesund (›Ideal zum Kinderkriegen‹ hat-

te August bei der Hochzeit über Franziskas Becken gesagt, ›oafach ideal‹). Gertrude, die ältere Schwester, war nach neun Jahren Ehe mit dem Huber Lois gestorben, Zeit genug, um fünf Kindern das Leben zu schenken, Gustavs Neffen und Nichten, an denen er, außer am Toni, wenig Interesse hatte. ›Da Toni is ka Huaberischer sondern a Unsriger‹, August war derselben Meinung: ›sErbguat vo da Muatta, so is oiwei bein eastn Buam! Die Kloan hauns dumme Gschau von Vottan, da Toni ned.‹ Daß die Ehe Giselas kinderlos geblieben war, hielten die Gebrüder für einen Glücksfall.

Freedii!
Kommscho, kommjascho!
Führst mich heut ned zur Franzi?
Binnschofertig.
Was machst denn immer.
Auf dNacht bin i doch bei die Schrebergärtner.
Na und?
Wann soll i mi denn vorbereitn?
Für die mußt dich vorbereitn? Fürn Schrebergartenverein?
Und fürn Kleintierzuchtverein. Natürli muß i mir was aufsetzn.
I bin ja ned dabei, aber tu mir einen Gefallen, übertreib ned wieder so!
Könntst doch mitgehn!
Zu die Kleintierzüchter! Typisch! Da nehmast mich mit!
In Ausschuß kann i di ned mitnehmen!
Und warum, wenn man fragen darf!!
Schau, hundertmal hab ich dirs scho erklärt!
Dann erklär mas nochamal.
Also, zum hundertunderstenmal, Zutritt ham nur Ausschußmitglieder.
Frau Gisela war nichts recht zu machen. Mit August, der bis zur Hochzeit ihr Lieblingsbruder gewesen war, sprach sie seither kaum ein Wort, und Gustav, der sich zu so einem Anlaß auch noch danebenbenommen hatte, war auch nicht bes-

ser. So ein junges Ding ins Haus zu holen, ›das geht ned gut, wenn ichs Ihnen sag!‹. Die Straßberger hatten ohnehin nie Gnade vor den Augen Gisela Obermayrs finden können, seit der Huber Lois Gertrude heimgeführt hatte. Die arme Gertrude, fünf Kinder hatte sie zur Welt bringen müssen, fünf Kinder, typisch Huberisch war das! Was hatten die Brüder dagegen getan? Garnichts! August hätte als Ältester ein Machtwort sprechen müssen, dazumals. Und jetzt heiratet der alte Depp noch selber in diese Sippschaft ein, von der man wußte, daß es mindestens zweimal nicht mit rechten Dingen zugegangen war.

Da war die alte Geschichte mit dem Zigeuner, die von den Huberischen vehement bestritten wurde, sie behaupteten, der alte Moser (Antonies Großvater) hätte sie in die Welt gesetzt, aus reiner Bosheit. Unleugbar war jedoch, daß Katharina, verheiratete Huber, auch eine geborene Huber war, da half auch der Nachweis nicht, daß die Ahnen einander nie über den Weg gelaufen sein konnten, weil die einen seit eh und je in Straßberg heimisch gewesen waren, die anderen Huber, Frau Katharinas Ahnen, vor hundert Jahren aus dem Riesengebirge in die Straßberger Gegend gekommen waren. Reiner Zufall also, aber Frau Gisela (und nicht nur sie) beharrte auf der Existenz eines dunklen Familiengeheimnisses und war sich dabei, sehr zum Mißfallen Gertrudes, auch Gustavs Unterstützung sicher gewesen, während August unparteiisch geblieben war. Kein Wunder, daß keiner die Madeln nehmen wollte, und ausgerechnet August mußte der Erste sein!

Einzig ihrer Nichte Franziska war Frau Gisela herzlich zugetan, wenn auch die Frage war, ob Karl der Richtige für Franzi sei. Daß er Mitglied bei der falschen Partei war, das konnte ja passieren, aber warum nützte er es nicht aus? ›Hinter jeden erfolgreichn Mann steht eine Frau‹, gefruchtet hatte es wenig, wenn sie die Franzi beiseite genommen. Wo säße denn dieser Karl Meier heute, wenn der Fredi nicht gewesen wäre? Immer noch in seiner alten Abeilung, immer noch Gehalts-

klasse B Zwölf!
Gisela Obermayr konnte Franziskas Desinteresse an Karls beruflichem Fortkommen nicht verstehen. Was gab es Schöneres für eine Frau als einen erfolgreichen Mann? So wenig Aufwand wars, da ein Plauscherl mit Frau Dr. Falk beim Ausflug der Kegelrunde, dort eines mit Frau Schernhuber, der Amtsratsgattin, und man wußte Bescheid. Ein Wort zu Fredi, wenn er nach Hause kam, und wieder hatte man einem jungen Mann auf die Beine geholfen. Franzi konnte das nicht, sie war wie ihre Mutter, zu gut für diese Welt. Fredi hingegen war in letzter Zeit immer so nervös, an manchen Tagen wurde er richtig aufsässig. Was ein einziges Jahr alles verändert hatte! Franzi und August auf einmal verheiratet, Gustav Witwer, dann diese Affäre – gut daß der Mensch nicht weiß, was alles auf ihn zukommt. ›Freedii, was machst denn noch immer!

Heit vergibst dich aber dauernd, Vatta.
Schaust leicht wieda ins Noankastl, Gustl?
Wer hod einglich gwunna?
Na, du söwa.
Dawäu ma spün, hauni nu ned oamoi de Trumpfsau ghod.
Des gibts.
Oje, der Fredl!
Gschwind, hea ma auf.
Karli, tuast die Koatn weg!
Der Doktor spielte schlecht wie selten zuvor. Am Morgen hatte er gleich beim Aufwachen einen feuchten Fleck auf seiner Tuchent entdeckt und mit ungläubigem Staunen feststellen müssen, daß er in der Nacht eine Pollution gehabt hatte. Fast zornig hatte er an August gedacht, der wahrscheinlich gerade aus seiner Bettstatt gestiegen war, um mit Isolden das Frühstück einzunehmen. Um Gotteswillen, war denn das normal? Mit einem Schlag war Gustav Mayrhofer verunsichert wie damals in der Pubertät. Ging das jetzt wieder von vorne los?

Der Doktor gehörte zu jener Art von Medizinern, die (auch wenn sie es niemals zugeben würden) oft fassungslos vor den Geheimnissen der Natur stehen und ihre Erschütterung nur mühsam verbergen können; jene Momente, in denen ein Röntgenbild beweist, daß die tödlichen Metastasen geschrumpft sind, oder eine Kuh, die schon seit Stunden aufgegeben worden ist, weil sie zuviel frischen Klee gefressen hat, plötzlich einen gewaltigen Furz tut. Hier mußte Abhilfe geschaffen werden, wenn die Natur so eindringlich auf ihr Recht pochte, aber wie? Den Gedanken an die Pichlerische verwarf der Doktor mit Empörung, daß er ihn überhaupt gedacht hatte. Nachdenklich kratzte er sich in der betroffenen Region; das war Frau Gisela, der nichts entging, Grund genug, wieder etwas recht Arges anzunehmen.

XXI

In der Praxis summten die Fliegen, und der Doktor beobachtete interessiert, wie ein fetter Brummer dem großen Spinnennetz immer näher kam, das mehr als den halben Fensterflügel überzog. ›Ha, hateam scho!‹ Die große Kreuzspinne (der Doktor hatte sie aus dem Wald mitgebracht) kam dem Zappelnden bedächtig näher und begann, ihn mit dem hintersten Beinpaar herumzuwirbeln. Der Doktor wohnte diesem Naturschauspiel aus wenigen Zentimetern Entfernung bei, den Kopf in die Hände gestützt, und knurrte Anerkennung. Schon als Kind hatten ihn Spinnen interessiert, besonders nachdem er die Anekdote von dem berühmten Naturforscher gehört hatte, der als junger Mann ein Butterbrot mit Spinnen, ohne mit der Wimper zu zucken, gegessen hatte, um seinem Vater zu beweisen, daß er für diesen Beruf geeignet sei. Wie war doch gleich sein Name gewesen?
Das Frühjahr war gegen Ende zu einem Sommer verflacht, der langweilig zu werden drohte wie kaum ein Sommer der vergangenen Jahre. Bald würde ein fünfmaliges Heulen der Sirenen die Betriebsferien im Stahlwerk ankündigen, von denen nur Hochöfen und Schreibstuben ausgenommen waren. Im Grunde war auch dieses Jahr wieder ein Jahr des Wartens — der Doktor wartete auf die Geburt seines Enkels und schielte immer häufiger auf Franzis Bauch, der schon deutlich sichtbar war.
Gehst heit garned Vatta?
Da Stammtisch is a nimmer, was er amal war.
Was is leicht damit?
Oiwei des gleiche, seit an Jahr.
Was denn?

S Politisiern, und dann werns streitat.
Bei mir is lustiger.
Bei die Straßberger Fischer? Geh, Karli.
Seit Franziska an den Samstagen nicht mehr ausgehen wollte, fuhr Karl nach Straßberg, ins Vereinshaus der Sportfischer. Da wurde es immer lustig, auch wenns der Doktor nicht glauben wollte. Gelegentlich nahm er den Schwiegervater ein Stück mit, wobei er versprechen mußte, schön langsam zu fahren und die Kurven nicht zu schneiden. Wenn sie fort waren, rückte Franziska einen Sessel ans Telefon, weil sie am Nachmittag vergessen hatte, Isolde das Wichtigste zu sagen.

An einem besonders mißlungenen Abend hielt es den Doktor nicht länger in der Runde – Scheißpolitik! Dieser Froschauer! ›Sauhund feindsaliger‹, immer wieder hatte er von Ungarn angefangen! Seit die das Kaiserreich ruiniert hatten, wollte der Doktor nichts mehr von ihnen wissen. ›Gehst furt du Krüppö!‹ schrie er einen Pinscher an, der ihm freundlich wedelnd zu nahe gekommen war. Das Hündchen legte die Ohren an, machte einen Satz zur Seite, auf die Straße, und wäre ums Haar von einem Lastwagen überfahren worden. Sein Frauerl riß den Mund auf, um zu schimpfen, doch beim Doktor war sie damit an den Rechten gekommen: ›Nehmens ihran Hund gfälligst an die Leine, dann kann sowas ned passiern!‹ und schon war er vorbei.
Er lenkte seine Schritte, ohne darauf zu achten, wohin er ging, in das Viertel im Südosten des Stahlwerks, das die Innenstädter das *Glasschermviertel* nannten. Plötzlich stand er vor einem Haus, das ihm bekannt vorkam, dann fiel es ihm ein. Vor zwei Jahren mußte es gewesen sein, da hatte er in diesem Haus einen Spitz einschläfern müssen, Rückgratlähmung, genau! Den Spitz von Frau K. (wie sie aus gewissen Gründen genannt werden soll), das war doch diejenige, welche...
Einen Moment stand er unschlüssig vor der Haustür, tat-

sächlich, da war ja ihr Name auf dem Klingelbrett, und überlegte, ob er anläuten sollte oder nicht.
Jo, da Herr Dokta. Griaß Ihna!
Grüß Gott.
Mei, Sie hamma jo sovü ghoifn. bin Ihna heid no daunkboa.
Jaja, der Spitz. Wie hat er noamoi gheißen?
Lumpi hat er gheißen. Sovü hater leidn miassn.
Ja, arm warer. Hat alles nix mehr gnutzt.
So sche gredt hams mit mia, wiara eigschlofn is. Gstreichelt hamsn.
Ja, da Lumpi
Woins ned auf an Sprung auffakommen. Nur auf an Sprung.
Ja wissns
An Weißwein habi aa, den haums domois aa trunken.
Ja, wenns so is.
›Das issa, da Lumpi‹, gemeinsam betrachteten sie ein paar Photographien, die alle den Lumpi und sein Frauerl zeigten — ›der war mei oanzige Freud‹.
Frau K. wurde bald klar (um es kurz zu sagen), daß hier nicht einer neben ihr saß, der auswärts suchte, was ihm daheim nur widerwillig oder gar nicht gewährt wurde, sondern ein Mensch in Not, dem geholfen werden mußte. Als sich der Doktor später zappelnd seiner graugrünen Tracht entledigte und im Hosenbein steckenblieb, weil er vergessen hatte, den rechten Schuh auszuziehen, griff sie zu seiner Unterstützung ein.
Er mußte versprechen, bald wiederzukommen, zum Abschied fuhr ihm Frau K. noch einmal durchs Haar. Der Doktor war erstaunt, nichts anderes zu empfinden als Erleichterung, die jauchzende Zufriedenheit der Jugend! Aber wie immer, wenn er zu gut aufgelegt war, drohte Verhängnis.
Nach einem dieser Besuche, die er recht häufig und stets untertags abstattete, hatte der Stadtrat ihn zuhaus erwartet, in Angelegenheit eines Jagdhundes. Der Doktor hätte ihn beraten sollen, auf dem Tisch stand eine Flasche Wein als Ent-

gelt. Obermayr hatte mit gespitzten Lippen ein paar Schluck aus dem Glas genommen und seine Spätlese die ›Königin der Weine‹ genannt. Der Doktor reagierte natürlich mit Empörung. Nicht ein Weinkenner sei ihm bekannt, und kein Weinprüfer, der privat eine Spätlese auch nur ansähe! Alles aufgezuckert, Zuckerwasser! Nicht wert ein Klistier zu füllen! Drei atonale Schläge folgten und den Schluß setzte ein Nonenakkord aus tiefstem Rachen: Harrrmm!, daß Obermayrs Ohrpinsel sich sträubten. Der Doktor war nur knapp an einem Tollwutanfall vorbeigegangen. Der Herr hatte ein Einsehen mit dem Doktor und schickte Schweinepest und Gewitter ins Land. Das brachte Zerstreuung, Vieh mußte notgeschlachtet oder für die Schadensmeldung begutachtet werden. Unter den Verhafteten, den Selbstbrandschatzern, von denen es 1956 besonders viele gab, war auch ein Huber aus Straßberg, ›Woam oreißn‹ nanntens die Leute. Wen die Schulden gar zu arg drückten, der griff zum Benzinkanister, so war es Brauch seit Einführung der Brandschadenversicherung. Wenn die Gendarmen kamen, zuckten die Nachbarn mit den Schultern und nahmen sich vor, wenns einmal soweit wäre, die Sache klüger anzufangen.

Ham Sie einglich an Dachboden?
Na freilich.
Wissens, i brauchat mehr Platz.
Da lassat si scho was machen.
Es is weng die Erdäpfln, ich müssats wo einlagern können.
Hams wieda günstig eikauft?
Fast gschenkt, aber sagns es ned weiter.
Dann schauma halt gleich.
Karl verabschiedete sich mit einem Kuß von Franziska, die dabei war, ihre Ausstattung zu sichten; überall im Wohnzimmer lagen halbfertige Mützchen und Jäckchen herum, stumme Zeugen der Besuche Isoldes, und warteten darauf, mit einem rosa oder blauen Bändchen komplettiert zu werden.

Franziska wars recht, daß Karl und Dobler (›stantapeda‹) vor Ort Nachschau halten wollten, sie waren ihr ohnehin im Weg gewesen. Gemeinsam überlegten sie, wo die Restbestände, nämlich Hackklötze, Beile, Messer und der Fleischwolf am besten gelagert werden könnten, denn ›Wegschmeißen kommt ned in Frage, Herr Dobler‹. Für eine Verwendung im Haushalt war des Vaters Werkzeug zu ungeschlacht. Nachdenklich besah Karl die Lieblingsbeile, deren Schäfte durch den dauernden Gebrauch glatt poliert waren. Ihm war, als hörte er das Sausen der Schläge, das Knacken der Knochen. Ein einziger Schlag nur war fehlgegangen und hatte eine tiefe Fleischwunde am Bein verursacht. Aber da war Meier senior schon nicht mehr der alte gewesen.

Beide Elternteile hatte der Krieg, als er in seinen letzten Zügen raste, dahingerafft. Frau Anna war eine der immer spärlicher ankommenden Schweinehälften zum Verhängnis geworden. Das Tier war im Schlachthof nicht fachgerecht ausgeblutet worden (damals funktionierte nichts mehr wie es sollte), auf dem Boden des Eiskastens hatte sich eine schwärzliche Lacke angesammelt, die nach und nach gefror. Ein unbedachter Schritt, ein Schrei, ein Ausrutscher und Frau Anna mußte mit einem offenen Beinbruch ins Spital eingeliefert werden. Die Wunde wurde schlampig desinfiziert, begann unter dem Gipsverband zu schwären. Auf die Klagen Frau Annas reagierte das Personal mit Unwillen, die Schwestern waren übermüdet, täglich kamen neue Opfer des Bombenkriegs und schwere Fälle von der Front, die immer näher rückte. Sie sollte sich ein Beispiel an ihrer Nachbarin nehmen, die einen schweren Schädelbruch scheinbar gleichmütig ertrug (die aber tatsächlich seit Stunden im Koma lag). Am vierten Tag waren die Zehen Frau Annas schwarz, die Notamputation kam zu spät.

Ihr Mann überlebte sie nur um wenige Monate, der Tod des Ältesten am Mittelabschnitt, das unnötige Sterben Frau Annas und nicht zuletzt die Versorgungslage, die den Fleisch-

hauer und -händler zum Rationenverteiler verkommen ließ, hatten Karl Meier senior seiner Lebenskraft beraubt; er starb an gebrochenem Herzen. Seine letzte Genugtuung war, daß der heranreifende Karl nicht mehr eingezogen werden würde und dank seines Vaters Voraussicht nicht mittellos vor schweren Zeiten stand. Der Fleischhauer hatte die Not der Ersten Nachkriegszeit gekannt, Krieg war der Untergang des Gewerbes. Karl hatte das Gymnasium besuchen dürfen; als er die Matura bestand, war er allein auf der Welt.
Räum mas in Keller?
Sonst is eh ka Platz.
Genau, und das bau ich mir aus, endlich an großen Lagerraum!
Höteifö is des Trumm schwer!
Solide Vorkriagsqualitet.
Des glaub i!
Die Feuchtigkeit würde dem Werkzeug nicht guttun, daher ölte Karl jedes Stück sorgfältig ein, bevor es in die Nische gelegt wurde, in der Karl Meier seinen Festtagstokaier gelagert hatte. Der kleine Vorrat hatte lange gehalten, drei von den großen Flaschen waren zum Jahreswechsel 1954/55 übrig gewesen, zu dritt hatten sie gefeiert, die beiden Fritze (Jelinek, Gerstl) und er. Der allerletzten Flasche hatte Karl allein den Garaus gemacht, an jenem Abend, als er seinen Entschluß, Franziska zu heiraten, besiegelt hatte.
Solchen Gedanken hing er nach, als er über den Lehmboden schritt, um die beiden Hackeln herauszusuchen, die er blitzblank zu putzen gedachte. Sie sollten ihren Platz unter dem Meisterdiplom des Vaters finden, ihm zum Gedenken kreuzweise an der Wand befestigt werden.
Soda, des hamma.
Wie stehts daheim?
Alles bestens.
Wann derf ma gratuliern?
Ende Oktober, sagt da Arzt.
Und was solls werden?

Hauptsach gsund is. Vielleicht a Buaberl.
Und wie solls heißen?
Oje, des wissma no ned.
A kleiner Karli vielleicht?
Na, Karli ned.
Dobler drängte Karl eine Steige ausgesuchten Gemüses auf, Vitamine für die Schwangerschaft, und knödelte die *R* in der für die ›Kaugummizone‹ (wie der Doktor sich ausdrückte) typischen Art.

Die Huberischen waren ganz schön lästig, die Bande zwischen den Familien waren ja noch enger geworden. Besonders der Landarzt hatte darunter zu leiden, denn nach südländischem Vorbild zählten auch die Vettern zweiten Grades zur Familie, da kam schon was zusammen. ›Woaßt Gustl, jetz wirds ma laungsaum zvü, olle Aungblick steht a aundara in da Tia‹, klagte er dem Bruder sein Leid, ›I bin jo koana, der glei wos sogt, oba so gehts ned weida.‹ Immer wieder mußte Isolde denselben Tratsch anhören, dieselben Fragen beantworten, was sie (Ausnahmen gibt es immer) überhaupt nicht interessierte. So wich sie denn aus in die Stadt, zu Franziska, und schleppte von Mal zu Mal einen längeren Schwanz von Huberischen mit sich, das war nicht zu vermeiden.
Griaß enk!
Ja, da Toni! Wia is denn ausgaunga?
Zwoa Maunat hauni kriagt.
Nau servas!
Oba bedingt.
Jetz hoaßts brav sei, gö?
I ria koan Feitl mehr au!
Isa gscheit wordn, da Toni, doschauher.
Solangs nur der Toni war, hatte Franziska nichts einzuwenden, der war hilfsbereit und hatte vor allem nicht dauernd den Mund offen. Dieser Drang der Straßberger zur Stadt war nicht so zu verstehen, daß auch nur einer daran gedacht hätte, die Städter nachzuäffen, genausowenig trug sich einer mit

dem Gedanken, in die Stadt zu ziehen. Sie hatten nur gelernt, daß jeder, der daheim etwas werden wollte, sich erst in der Stadt umsehen mußte. Sonst aber blieb man in Straßberg und ging den anstrengenden aber harmlosen Vergnügungen des Landes nach. Kirtag, Kathreintanz und Feuerwehrfest nutzte die Familie (indem sie den Stadtrat Obermayr nötigte, eine Rede zu halten), um zu zeigen, daß nicht nur die Moser, aus deren Geschlecht immerhin ein Erzbischof hervorgegangen war, bedeutende Männer aufzuweisen hatten. So war der Stand der Dinge, als die kleinen Beine zum erstenmal fühlbar zappelten; der Doktor scheute sich, seine Hand auf den Bauch Franziskas zu legen.

XXII

Wenn er sich reckte, konnte der Doktor über das Milchglas, aus dem die untere Hälfte der über die ganze Wand reichenden Scheibe bestand, in den Kreißsaal schauen. Ein Arzt und zwei Schwestern (eine sah Frau Katharina zum Verwechseln ähnlich) hatten an Franziskas Bett alle Hände voll zu tun. Eine seltsame Aufregung herrschte, zweimal hintereinander rannte die Hebamme gegen das Gestell mit dem Tropf, Blut und Fruchtwasser kamen stoßweise, Schwall um Schwall, zwischen Franziskas Beinen hervor. Der Doktor dachte an die alte Pumpe vor dem Mühlenbauerhaus und sein Herz krampfte sich zusammen, als der Chefarzt geholt werden mußte. Der gab hastige Befehle, obwohl der Doktor nichts hören konnte, nicht einen Laut, war ihm klar, daß Komplikationen eingetreten waren. Ein Gerät wurde herangerollt, fremd und furchterregend, ein mittelalterliches Marterwerkzeug, Franziska schrie so gellend auf, daß Ärzte und Schwestern zusammenfuhren und sogar ihr Vater den Nachklang hörte. Der Doktor schlug die Hände vors Gesicht.

Nach den Stunden der Agonie kam endlich das Kind zur Welt, eine unheilvolle Stimme flüsterte dem Großvater Schreckliches vor. Franziska war am Leben, sie atmete aus tiefer Brust, und dann erstarben dem Doktor die Gebete auf den Lippen, auf einen Stuhl stieg er, um alles noch deutlicher zu sehen: ein weißlichviolettes Greisengesicht, die Augen weit aufgerissen und kraftlos baumelnde Gliedmaßen. Ein Mädchen.

Es war noch nicht zu Ende. Wieder und wieder drückte die Hebamme Franziskas Kopf nach vorn auf die Brust, schrie sie an, die Schwestern (weiße Krähen sah der Doktor) preß-

ten die Beine der Gebärenden auseinander, gegen ihren Leib, und noch ein Kind kam zur Welt, diesmal kopfüber, sein jämmerliches Krähen ging dem Doktor durch Mark und Bein. Ein Brutkasten wurde gebracht, Infusionsnadeln in dünne Ärmchen geschoben, Schläuche angeschlossen. Bub oder Mädchen? Alles war so schnell gegangen. Franziska ließ ermattet den Kopf aufs Kissen sinken.
Der rotwangige Verwalter des Todes wollte nicht zugeben, daß das Kleine an der Seite Antonies bestattet würde, da half dem Doktor kein Toben. Herr gib ihr und allen Verstorbenen die ewige Ruhe.
Und das ewige Licht leuchte ihnen.
Laß sie ruhen in Frieden.
Amen.
Ruhe in Frieden, kleine Antonie.
Viel zu laut hatte der Pfarrer genäselt, der nicht nur wie der Stadtrat sprach, sondern auch dessen Züge trug.
›Asche zu Asche, Staub zu Staub‹, der Doktor versuchte den Alb abzuschütteln, doch die Phantome wichen nur langsam. Ein Rumoren im Erdgeschoß hatte ihn aufgeweckt, Franziskas Wehen hatten eingesetzt, und Karl durchsuchte die Schubladen nach seiner Uhr, um die Abstände (wie ihm der Landarzt eingeschärft hatte) zu kontrollieren. Die Wanduhr war wieder einmal stehen geblieben.
›Volltrottel‹, schalt Gustav über seinen Bruder und schlüpfte ins Gewand. August hatte nämlich angesichts der Leibesfülle von Franzi behauptet, sie ginge mit Zwillingen schwanger und war eigensinnig dabei geblieben, bis Isolde die Geduld verlor und ihn mit einem Tritt zum Schweigen gebracht hatte.
Vollidiot!
Karl und sein Schwiegervater waren einander ständig im Weg, als sie die letzten Vorbereitungen zum Aufbruch trafen. Franziska gab ihnen (zwischen zwei Wehen) Instruktionen, ihr Köfferchen hatte sie schon am Vortag gepackt. Eine Fruchtbarkeitsgöttin thronte im Lehnstuhl, seufzte, wenn

der Schmerz zurückkam und war doch guter Dinge. Ja, sie lachte, wenn die Bahnen von Gatten und Vater, die von heilloser Unrast erfaßt waren, sich kreuzten, Entschuldigungen ausgetauscht wurden. Zum Schluß zog Karl die Uhr auf, denn Ordnung mußte sein, sie war tröstlich in diesen Stunden des Umbruchs.
Do kommens!
Zeit wirds!
Geh Papsch, sie kommen eh erst alle Viertelstund.
Wer kommt jetz!
Die Wehen mein ich. Is noch ned so tragisch.
Isolde hatte darauf bestanden, an der Seite ihrer besten Freundin zu sein, um ihr die Hand zu halten. Gerade traf sie ein, chauffiert von August, dem der Bruder erst einmal den Vogel zeigte, und ihn dann warnte, den Mund aufzutun.
Vollidiot!
Im Wartezimmer gingen die Männer ihrer Wege, nunmehr selbdritt, August bekam einen Verweis von einer Ordensschwester, weil er selbstvergessen eine Virginier entzündet hatte. Einzig Isolde war ruhig und lächelte wissend – wie es die Frauen zu besonderen Anlässen tun – ›die Maunaleid...‹
Zwoa sans, wiastas seng!
Heng af Gustl!
Wea ma jo seng.
Moch mi ned narrisch!
Im Gebärsaal (der vom Wartezimmer aus nicht einsehbar war) verlief alles normal, außer, daß sich ein frischgebackener Mediziner beim Dammschnitt verfärbte und zusammensackte. Seine Kopfwunde wurden nebenbei versorgt und der Praktikant an die frische Luft geschickt. Der kleine Helmut kam ohne besondere Probleme auf die Welt, wimmerte in Neugeborenenmanier und sah erst nach der Waschung wie ein richtiger kleiner Mensch aus. Die Blutung wurde gestillt, die Nachgeburt wurde begutachtet und für normal befunden. Erleichtert schloß Franziska die Augen: ein Kind mit ei-

nem Glöckerl, ein Sohn, ein Stammhalter. Und blond, semmelblond. Der Krankenhauspfarrer durchquerte, ohne nach links und rechts zu schauen, raschen Schritts das Wartezimmer, erschreckte die Mayrhoferischen, aber die gute Nachricht folgte auf dem Fuße: ein Bub, dreikiloneunzig, gesund, die Mutter wohlauf. Die Brüder blickten einander gerührt in die Augen, zögerten einen Moment und stürzten dann in einer wilden Umarmung übereinander her. Karl hatte den Mund offen, Isolde schlug ein Kreuz.
Wo is denn da Kloa!
Den bringens glei, zum Aunschaun.
Waun, glei!
Wirst es noch derwarten können, mei, Papsch!
Matt lächelte Franzi dem Besuch entgegen, sie dünkte Karl schöner denn je, von zwei Polstern gestützt saß sie im Bett. Ihr feuchtes Haar, das sie gelöst hatte, fiel ihr weit über die Brust; ja, sie glich einer himmlischen Erscheinung, ›Meerstern ich dich grüße‹ jubelte es in Karl, ihr Antlitz trug einen Glanz, der von innen kam und den Gatten in die Knie zwang. Er küßte ihre Hände, ihre Stirn, wagte nicht ihre Lippen mit den seinen zu berühren. Als sie die Arme um seinen Hals schlang, stürzten Tränen der Erleichterung in seine Augen, strömten unaufhörlich, kullerten über seine Backen hinab und netzten Franzis Haar. Jetzt erst waren sie eine richtige Familie! Die Liebenden waren allein, denn die Gebrüder marschierten vor dem Portal auf und ab, jeder mit einer Zigarre im Mund, die Hände auf den Rücken verschränkt. Auch Isolde wahrte ganz unhuberische Zurückhaltung.
Dann gings zur Kindesbesichtigung. Eine Schwester hielt das schreiende Etwas hoch, ein Papierarmband wies es als *Kind Meier* aus. Zarter Flaum bedeckte das Köpfchen, die Brüder umarmten einander ein zweites Mal an diesem Tag. Karl hatte glänzende Augen. Mein Bub! Mein Stammhalter! Liab is der!
Der hod an laungan Schädl, der wiad amoi gscheid.

Moanst aso?
Lostn du schneidn, Koal?
Wos schneidn?
Zweng da Fimose!
Wos is denn Fimose? Wos gferlichs?
Gusti, so hea doch auf jetz!
Heast wos dei Frau sogt?
Is eh recht.
Karl kam täglich, brachte Rosen, Näscherei und Romanhefte, die Franziska immer schon gern gelesen hatte (z. B. Burgi Czerwenkas ›Edith sucht ihr Glück‹). Er strahlte vor Zufriedenheit, obwohl die junge Mutter kaum Augen für ihn hatte. Einmal am Tag wurde der Säugling ins Zimmer gebracht und keine seiner Bewegungen blieb unbemerkt, jedes Strampeln, jedes Nasenrümpfen wurde registriert. Nach Nahrung brauchte er nie lange zu schreien, gleich wenn er wach geworden, legte ihn Franziska an ihre Brust, wo auch die Blicke Karls gerne verweilten. Als Franziska das auffiel, sandte sie ihren Mann beim ersten Schrei des Kleinen sanft aber bestimmt aus dem Zimmer, denn das waren Augenblicke, in denen eine Mutter allein sein wollte; für Karl schienen wieder entbehrungsreiche Zeiten anzubrechen.

I mein, i hör was.
Schreit er?
Ich hör nix.
I aa ned.
Du hörst jas Gras wachsen Vatta.
Jaja.
Sollma ned doch nachschaun, vielleicht isser scho munter.
Der is doch grad erst eigschlafn.
I schau amal.
So bleib do da!
Jaja.
Gustav Mayrhofer nahm seine Aufgabe als Großvater ernst. Wenn er schon nicht von direktem Nutzen sein konnte, so

war er wenigstens Horchposten, saß geneigten Hauptes, das linke, bessere Ohr dem Kinderzimmer zugeneigt, die hohle Hand an der Ohrmuschel, und fuhr beim kleinsten Laut des Säuglings hoch – *scht!* Wenn er nach Hause kam, war sein erster Weg ins Kinderzimmer (noch vor dem Grüßgott), sein erstes Wort die Frage nach dem Wohlergehen des Enkerls. Zufrieden nahm er dann die frohe Botschaft entgegen und rannte in die Praxis, von der er mit der Waage zurückkehrte, die erst sorgsam desinfiziert wurde. Täglich trug er das Gewicht des Kindes in eine Tabelle ein, vermerkte, ob vor oder nach dem Stillen gewogen wurde, und rechnete jede Woche die durchschnittliche Gewichtszunahme aus.

Den Respektabstand hielt er jedoch ein, vermied es ansonsten, den Kleinen auch nur anzurühren und näherte sich der Wiege mit vorgerecktem Hals und angehaltenem Atem. Ein wenig schnalzte er mit der Zunge und schnitt Grimassen des Glücks, wenn er den kleinen Helmut friedlich schlafend vorfand. Die kleinen Fäustchen rührten ihn zu Tränen – ›daß so ein alter Depp wie ich das noch erleben darf!‹, der Großvater war vor närrischem Glück oft ganz aus dem Häusel. Gustav Mayrhofer war ein energischer Hüter des Säuglingsschlafs, doch dieser war durch die Lautstärke der Huberischen, die in kleinen Gruppen nach und nach alle erschienen, häufig gefährdet. Dann huschte Gustav auf Zehenspitzen von einem zum andern ›Scht – sBuaberl schloft doch! Plärrts ned aso!‹ Zum Huber Lois, der das lauteste Organ von allen hatte, sagte er, als dieser zum wiederholten Mal zu laut gesprochen hatte, er solle sein *Mäu* halten, ›sonst pick i dirs mid an Leukoplast zua!‹

So a Ähnlichkeid!
Und mid wen?
Mid sein Vodan, mid wen denn sunst?
Des is doch a gaunza Meiahofa!
Geh, woher denn!
A Huaberischer is ned.
Du bist ma vielleichd a Gscheida, du!

Plärrts ned aso, es Deppen!
SKepfal hoda von Großvodan.
Und die Nosn, wos is mid da Nosn?
Die wochst si aus.
Des moan i aa.
So a kloana Kunt!
Plärrts ned aso sog i, Kreizdeifl nu amoi!
Da Hea Großpapa plärrt söban am mehran.
Zwei Straßberger, drei Meinungen, sagte der Doktor, der es nicht ausstehen konnte, wenn man ihn *Großpapa* nannte. Wem der kleine Helmut wirklich ähnlich sah, war kaum zu sagen. Die Augen waren diffus blau, mit einem milchigschwarzen Rand, wie bei den meisten Säuglingen. Anzeichen, zu welcher Farbe sie tendierten, zu des Doktors Grau, zu Franziskas Graugrün, oder gar zur unsäglichen Farbe der Augen Karls, gab es noch keine. Dem Doktor wars auch egal, ihm ging es um das klaglose Funktionieren der inneren Organe und darum, daß der Stuhl des Buben eine gesunde Farbe hatte. Aber wie so oft, dachte er, war es wiedereinmal das Nebensächliche, worüber am meisten Lärm gemacht wurde; besonders weil die größten Schreihälse Huber mit Namen hießen.
Himmihergott, Mäuhoidn sog i!

Die Ehegatten Obermayr waren gerade eingetroffen, als der Doktor heimkam. Er roch nicht nach Stall, sondern nach Kölnischwasser und war mit seinen Gedanken ganz woanders. ›Wos dena Weiba ois eifoid‹. Zu spät bemerkte er, daß Frau Gisela den Buben einfach aus der Wiege hob, und wie eine Vogelmutter im letzten Augenblick noch versucht, den Räuber vom Nest wegzulocken, so stellte sich der Doktor ihr in den Weg, doch vergeblich. ›Heid schaust drein wia a Kuh wanns blitzt‹, neckte Frau Gisela ihren Bruder, der dastand, vom Donner gerührt. Mit den Worten ›A Prachtkerl, was meinst Fredi, was der schon wiegt?‹, drückte sie den kleinen Helmut ihrem Gatten in den Arm. Das konnte der Großvater

nicht mitansehen, das Kind vom Ratzen beschnüffeln zu lassen! ›Gehst weg mid deine Pratzen, Fredl, mid Kinda kennst di du ned aus!‹ Und Gustav Mayrhofer entriet im Notfall aller Zurückhaltung, riß den Kleinen brüsk aus Obermayrs Armen, um ihn an seinen Platz zu bringen. Die Besucher wurden aus dem Kinderzimmer gedrängt.
Was hat denn der aufamal ghabt?
Reißt dir den Buam weg.
Mir scheint, der wird wunderlich...
Langsam glaub ichs aa.

XXIII

Wer glaube, das Leben in der Stadt wäre interessanter als das Landleben, dem sei nicht zu helfen, der sei noch keine Viertelstunde mit offenen Augen durchs Dorf gegangen. Die Annahme, je mehr Leute auf einem Haufen, desto interessanter werde es, sei ein tragischer Irrtum, und überhaupt: woher kämen denn die Leute? Alle vom Land! Beruf und Berufung des Doktors bestätigten sein Credo nahezu täglich. Er ging nicht soweit, das Stadtleben zu hassen, sondern ignorierte es nach Kräften, was freilich nicht immer gelang. Wenn er zu nahe am Stahlwerk vorbeifahren mußte und an einem der neuen Hochhäuser vorbeikam, tippte er sich an die Stirn, ›Die Welt steht nimmer lang!‹. Die Häuser immer mehr in die Höh zu bauen, statt in die Breite, kein Wunder, daß man da Aufzüge brauchte!
Was Frau K. betraf, die er, seit der kleine Helmut dem Säuglingsalter entwachsen war, immer häufiger besuchte, so wäre des Doktors Weltanschauung ins Wanken geraten, wenn, ja wenn ihn jemand darauf angesprochen hätte. In einem Ort wie Straßberg wäre die Geheimhaltung seiner Visiten völlig unmöglich gewesen; am nächsten Tag hätte ganz Straßberg, am übernächsten der Nachbarort Bescheid gewußt. So aber ahnte nicht einmal Frau Gisela etwas, zu weit war das Glasschermviertel von den Kreisen der Innenstadt entfernt, und die Ratscherei der Hausmeisterin (die der Lumpi einmal gebissen hatte) versickerte in der engeren Umgebung jenes bewußten Hauses.
So trübte kein Zweifel das Weltbild des Doktors, er wußte nicht, wie gut er es hatte, und vor jeder seiner Ausfahrten glomm schon beim Packen der Utensilien (›Hast deine sieben

Zwetschgen beinander, Papsch?‹) Vorfreude auf. Welch ein Genuß, geschotterte Straßen befahren zu dürfen, die noch keines jener neumodernen Ungetüme betoniert hatte, vorbei an Gerste und Kukuruz, an Erdäpfeläckern, an Wald und Rain, wo das Auge dem Lerchenflug folgen konnte ohne daß profane Telegraphendrähte den Blick hemmten! Hier sah man wenigstens, daß gearbeitet wurde, auf freiem Feld, und die Früchte der Arbeit konnte man essen. Wenn, dann stank es nach Odel, der das Getreide hochschießen ließ, aber nie so künstlich wie in der Stadt.

Für letzteres war in erster Linie die Chemiefabrik verantwortlich, um die der Doktor einen weiten Bogen machte. Ihm mißfielen die Schlote, aus denen kein fetter Qualm (wie im Stahlwerk) drang, sondern die nur unscheinbare weiße Rauchfahnen ausstießen; einmal stank es nach faulen Eiern, dann wieder säuerlich, manchmal auch stechend scharf. Der Westwind sorgte dafür, daß das Mayrhoferhaus weitgehend unbehelligt blieb.

Überhaupt tat sich am westlichen Stadtrand wenig, Jahre sollten noch ins Land ziehen, ehe die erste Verkehrsampel den starren Rhythmus der Stadt an die Peripherie bringen und den ländlichen Bannkreis zerstören würde. Das Stahlwerk wuchs zwar rasant, jedoch entlang dem Strom ins östliche Brachland hinein, wo der schottrige Boden nie für den Ackerbau getaugt hatte. Nur die Halbstarken, die am Wochenende mit dem Fahrrad hinausfuhren, um am Lagerfeuer zu kampieren (und zu tun, was Gott verboten hat), bedauerten das Verschwinden der Baggerseen, die mit Schlacke aufgefüllt wurden und als Löschteiche endeten, brackig und trüb. Daß auch der Strom, über den die Stadt im Laufe der Jahre gekrochen war, immer dunkler werdendes Wasser führte, fiel nur einem wie dem Dobler auf, der lange Zeit in der Fremde verbracht hatte. Im Süden aber tobte die Bauwut, dort wuchs die Stadt am schnellsten; nicht Städter, des Lebens im Zentrum überdrüssig, siedelten dort, sondern allesamt Zugereiste, wie Fritz Gerstl einer war.

Wenn der Boden seinen Bauern nicht mehr ernährte, wurde der Bauer zum Stahlarbeiter, zum Pendler, und wenn die Frau es müde war, all die Arbeit alleine zu tun, wurde der Hof verkauft und sie zogen in die Stadt, um von vorn zu beginnen. Das Dienstbotendasein, welches noch vor dem Krieg vielen der ärmsten Töchter des Landes unweigerlich geblüht hatte, kam aus der Mode, jetzt wurden sie Hausmädchen (die Pichlerische war ein besonders unscheinbares) oder reihten sich am Fließband ein. Den größten Anteil der Neustädter aber machten die Volksdeutschen aus (schon ihre Aussprache strafte diese Bezeichnung Lügen), die allerhand fremdländische Sitten mitgebracht hatten. Die Städter standen diesem Zuzug nicht ablehnend gegenüber, denn die Volksdeutschen galten wie alle Deutschen als fleißig, man munkelte aber, daß in diesen Siedlungen die Badewannen zur Kaninchenhaltung benützt würden. Damit wollte denn doch niemand zu tun haben, und so zog man es vor, unter seinesgleichen zu bleiben, obwohl der Stadtrat Obermayr nicht müde wurde zu betonen, daß es vom christlichen und vom politischen Standpunkt zu begrüßen sei, wenn frisches Blut und alte Bauernfrömmigkeit den Glauben der Allgemeinheit wieder festigen möchten etc.
In Straßberg sah man mit Mißtrauen, daß der nördliche Rand der Hauptstadt immer näher rückte, Weiler um Weiler eingemeindet wurde. Auch dort war eine Kolonie Volksdeutscher maßgeblich an der Verstädterung beteiligt, wurden Ziegel geschupft und Richtfeste gefeiert; in weniger als einem Jahr entstanden ganze Siedlungen, Einfamilienhäuschen mit Vorgarten, alles sauber in Reih und Glied. Die Straßberger fürchteten, bald wie eine Klette an der Stadt zu hängen.
Was blieb ihnen übrig, als sich an diesen Maßstäben zu orientieren, im Kleinen nachzumachen, was nebendran im Großen entstand? An erster Stelle stand die Begradigung der Ache, dann wurde die Holzbrücke abgerissen und durch eine Konstruktion aus Stahl und Zement ersetzt, die auch einen schweren Lastwagen (falls einer des Weges käme) tragen

konnte. Dem Fleischhauer Moser wurde untersagt, das Blut aus der wöchentlichen Schlachtung in die Ache einzuleiten, und wer auf sich hielt, bezahlte die Anschlußgebühr für den Kanal. Die Ratten verfolgte man mit Gift und Flobertgewehr. Dabei waren die Straßberger immer recht selbstbewußt gewesen, denn die Bauernkriege waren noch nicht vergessen, die Schlacht am Ledererwald, das Blutgericht. Zehn Männer aus Straßberg hatte der Graf aufhängen lassen, zehn angesehene Bauern, das wußte jedes Kind. Solange der Markt existierte, würde diese Untat nicht in Vergessenheit geraten, weil die Einwohner nicht nur selbstbewußt, sondern auch nachtragend waren. Natürlich hatte der Graf damals in der Stadt residiert, ›Bluathund der vafluachte!‹.

›Es mueß seyn‹, Straßberg ergab sich nicht, jetzt, wo die Achthundertjahrfeier bevorstand. Schließlich war das Dorf schon im Mittelalter zum Markt erhoben worden, hatte einen Bischof und einen bedeutenden Gelehrten hervorgebracht, hier endete die Schmalspurbahn, welche den Markt mit dem Norden des Landes verband. Ansichtskarten trugen den Namen Straßberg in alle Welt, Straßberg der Luftkurort, für seine Brettljausen berühmt, ideal für die Sommerfrische (seit die Ache betoniert war, die mit gutem Grund ›die faule Ache‹ geheißen hatte, stank es wirklich nicht mehr). Straßberg lag auf dem Land und nicht in der Provinz, hier war es nicht langweilig, sondern gesund, und die Einwohner waren keine Raufbolde, wie ihnen nachgesagt wurde, sondern wehrten sich nur, wenn sie angegriffen wurden.

Den Seinigen hielt man die Treue – die Bauern (wenige Eigenbrötler ausgenommen) zogen daher den Tierarzt Dr. Mayrhofer zu Rate, der sein Leben lang ein Straßberger geblieben war. Dem hatte das Stadtleben nicht geschadet, sein Haus lag gewissermaßen exterritorial, eine Straßberger Enklave, ja ein Brückenkopf. Außerdem war der Doktor nicht aus freien Stücken fortgegangen, jeder wußte, daß der Umzug gleich nach der Hochzeit nicht auf seinem, sondern auf dem Mist von Frau Antonie gewachsen war. Sie hatte das Licht geliebt, die Stadt mit ihren schönen Auslagen, die auch nachts scheinbar ohne Zweck verschwenderisch hell beleuchtet waren, wenn ganz Straßberg schon längst im Stockdunkel versunken lag. Die Gewißheit, daß andere wachten und werkten, hatte ihr gutgetan, sie schlief ruhiger in der Stadt, wo die Lichter ein Erwachen am anderen Morgen versprachen. Reiche Bauernsöhne hatten vergeblich um sie geworben und mußten mürrisch wieder abziehen, die Moser-Toni galt als eine, die nicht um die Burg heiraten wollte, bis die beiden Gustln die Semesterferien zu Hause verbrachten und Antonie zuerst dem einen, dann dem anderen (und dem Ofen) zu nahe gekommen war.

Ja, auf dem Land, da gings trotz neumodernen Kühlschränken, Traktoren, Radios und Vakuum-Staubsaugern nach den alten Regeln zu. Höchstens einmal – nach der Hochzeit – wird umgezogen, dann bleibt man sein Lebtag wo man ist und was man ist. Ganz anders verhält es sich mit den Städtern: sie machen Karriere oder werden versetzt, wechseln die Wohnung. Damit sich die Familie nicht verläuft wie eine Truppe von Wanderschauspielern, ist es ratsam, wenigstens eins ihrer Mitglieder am Ohrwaschl festzuhalten – den Stadtrat Obermayr.

Jetz kannst den Sekt aufmachen.
Nein, wie ich mich freu!
Jetz is dei Fredi doch noch was worn, auf die alten Tag.
Hast auch an Dienstwagen kriegt?
Und was für an, hoho! Madame, Ihr Wagen steht vor der Tür.
Und an Schofför?
Bei Dienstantritt Madame, nach da Vereidigung.
An echten Schofför mit aner Uniform?
Mit Uniform, Tag und Nacht bereit.
Ui, da wird sich die Schernhuberin giften!
Da Falk wird schauen, an Schofför hat er ned.

Der kriegt nie an!
Obermayr, dessen Karriere lange Zeit (für Frau Giselas Geschmack zu lange) recht flach verlaufen war, hatte das erträumte Ziel erreicht. Mitte des Jahres 1957, ein paar Tage nachdem sie den Huber Toni eingesperrt hatten, weil er in der Bewährungsfrist das Bierkrügel auf dem Schädel eines Stänkerers zerhauen hatte, wurde Alfred Obermayr in die Landesregierung berufen. Ob man seiner Reden im Stadtrat endgültig überdrüssig geworden war (›Jetz solln die Herrschaften von da Regierung auch amal was von unsern Obermeier ham‹) oder ob man gedachte, sein umsichtiges Verhalten im Fall Gerstl spät aber doch zu honorieren? Die Zeitungen, allen voran das Parteiblatt, berichteten das letztere (von Gerstl selbst gab es nichts zu berichten, weil die Entmündigung eines verrückten Selbstmörders, der immer noch in der Irrenanstalt eingesperrt war, nicht auf die ›Stadtpolitik‹-Seite gepaßt hätte.)
Die Roten betonten zwar, daß in ihren Reihen ein Mann mit besserer Eignung, unter anderem einer Fremdsprache mächtig, stünde, stimmten dann aber (wie gewohnt) der Ernennung zu. Alfred Obermayr wurde Landesrat für Wald- und Forstwirtschaft, die Hubertijünger unter den Parteifreunden gratulierten dem frischgebackenen Regierungsmitglied und überreichten ihm ein Prismen-Nachtglas mit einer Plakette aus echtem Gold, in die graviert war: *A. O.*
Laundrotz issa jetz, da Fredl.
Cha Cha Cha.
Föd Woid und Wiesnrotz!
Haha, mi zreißts!
Cha Cha Cha Cha.
Föd Woid und Wiesnrotz!
Da Fredl...
Desweng muaßa aa ka schlechta Mensch sei.
Oje, da Fredl.
Cha Cha.
Jetz issa Obajaga.

Kauna jong, wauna wü, da Fredl.
Und wosa wü.
Prost Gustl, Prost, Prost!

Franziska ging mit dem kleinen Helmut, der zu einem für sein Alter erstaunlich kräftigen Buben herangewachsen war, spazieren, als eine dunkle Limousine neben ihr hielt, der ein vergnügter Obermayr entsprang und sich erbötig machte, die beiden mitzunehmen, ›A Spritzfahrt ins Blaue‹, eben habe er seinen Dienstwagen übernommen, nagelneu, müßte noch eingefahren werden, eine Spazierfahrt gefällig? Zärtlich fuhr er mit der Hand über den Kühler. Franziska wollte (indem sie auf das Kinderwägelchen mit dem Buben verwies) ablehnen, doch so leicht ging das nicht mit dem Landesrat, wenn der ein neues Auto hatte, ›Des kommt in Kofferraum, was glaubst, was da ein Platz is, Franzi‹. ›Rara‹ lachte der Bub, der am blitzenden Chrom Gefallen fand, ›rara‹. ›Hörstas, der möcht aa mit, gö Büaschal, möchst Autofoan, gö!‹. ›Hoho‹, und sie waren im Wagen verschwunden, ›Ab geht die Post meine Herren! Zeigens uns einmal, wievü Pe Es der Wagen hat, Herr Wieheißensnochamal?‹. Im kleinen Helmut gärte die kurz zuvor genossene Milch, bis er sie nicht mehr drinhalten konnte und Obermayr ins Genick spieb.
Des tutma aba leid Onkel Fredi!
Hintn rinnts ma abi.
Ojeoje!
Drahns um Herr
Des tutma aba wirklich leid, Onkel Fredi!
Is eh ned so schlimm. Solang ma ned mehr passiert.

XXIV

Sagens, Sie ham doch so einen Spezialradio. Kriegt ma da auch Amerika eina?
Freilich, Herr Dobler, so ein zwei große Stationen, ja.
Doblers Neugier war geweckt.
Wo hams denn den Radio?
Der steht eh bei Ihna oben.
Könntens ma den ned einmal erkären? Daß ich die Sprach ned valern.
Freilich! Die Stimme Amerikas müßat ma auch ohne Dipol kriegen.
Was is denn a Dipol?
A Antenne, die in an bestimmten Verhältnis zur Wellenlänge steht.
Oje, das is aba kompliziert.
Gar ned, Hauptsach Sie wissn an welchen Knopf Sdrehn müssn.
I hab da no so an Whisky, vo Philadelphia noch...
An Wiski, aha! Wann gemmas an?
Wanns Ihna recht is. Vo mir aus heut abend.
Heid gehts leida ned, da muß i mein Schwiegavattan am Stammtisch führn.
Kommens doch nochher vorbei.
Da muß i nach Straßberg, zu die Fischa.
Na, dann halt a andasmal. Da hams a bissal a Obst!
A ganze Steign voll, das kann ich ned nehmen.
Keine Widerred! Ein Dobler vertragt das ned!
Dankschön! Wärs Ihnen am Dienstag recht?
Treff mir uns am Dienstag. Da Whisky is übrigns mehr als zwanzig Jahr alt.

Seitdem der Stammtisch kein Stammtisch mehr war, sondern eine Kartlerrunde, ging der Doktor nicht mehr zu Fuß in den ›Anker‹, sondern ließ sich von Karl mit dem Roller hinbringen. Gerade fünf Mann fanden sich an den Samstagen noch ein, für einen Stammtisch zuwenig, fürs Bauernschnapsen zuviel, denn einer mußte immer aussetzen. ›Gewonnen‹ oder ›verloren‹, das war die Bilanz des ganzen Abends, Geplauder verträgt sich halt nicht mit den Karten. Die Runde hatte wohl oder übel den Amtsrat Schernhuber, der nach einem wüsten Streit im Kegelverein vom Kegeln genug hatte, aufnehmen müssen. Es stand nämlich zu befürchten, daß sie nichteinmal genug Leute zum Kartenspielen waren, wenn nur einer nicht kam (Bauernschnapsen zu dritt? Sowas Fades!)
Wer ruaft?
Immer der was fragt.
An Schnapsa!
I sag an Gaung.
Gspritzt!
Retour! Da, aufglegt issa!
Nix is aufglegt! Da, Zehna, Unta, aus is mit Ihna!
Zu allem Unglück war der Amtsrat ein miserabler Spieler, ders immer besonders gut machen wollte und dabei die gröbsten Fehler beging; eben hatte er sein Blatt aufgelegt und übersehen, daß ein Gegner die Große Schere, Zehner und Unter hatte. Schernhuber triumphierte immer viel zu früh, er war voreilig und versaute den anderen das Spiel. Dann war er wieder übervorsichtig und konzentrierte sich nur auf die eigenen Karten, paßte nicht auf, was schon gefallen war, und verlor. Das erboste den Doktor, ob er nun gegen den Amtsrat gewann oder mit ihm verlor, denn ihm ging es nicht um die paar Groschen, die eingesetzt wurden, sondern um die Qualität des Spiels, außerdem hatte man drei und dann zwei zu geben und nicht Karte um Karte wie beim ›Schwarzen Peter‹!
Bis zur Selbstverleugnung war der Doktor bemüht gewesen, den Stammtisch zu retten. Natürlich war es wieder um die

Politik gegangen, die Politik, aus der immer nur Neid und Mißgunst erwachsen waren, solange sich der Doktor erinnern konnte. Wen wunderts noch, daß Obermayr wieder einmal den Anlaß gegeben hatte? Unglücksmensch Obermayr, der einem immer wieder in die Quere kam, so sehr man ihn auch mied! Obermayr, dessen bloße Existenz eine Provokation für jene war, die ein ruhiges Leben führen wollten! Obermayr, der Gisela zu einer überheblichen Städterin gemacht hatte! Obermayr, Schleicher und Schnüffler, mit dem stechenden Blick der Ratzen! Angeblich hatte der Stadtrat, obwohl er es heftig bestritt, mit Schrot einen Bock angeschossen. Mit Schrot auf den Bock zu gehen, das hatte mit dem Waidwerk nichts mehr zu tun, jeder andere hätte sofort seinen Jagdschein verloren. Mehrere Abende war darüber disputiert worden, wobei sich Froschauer als Verteidiger seines Parteifreundes hervorgetan hatte; eine Intrige von ehrlosen Gesellen, man wisse schon, aus welchem Eck das käme! Weil es den Roten nicht gelungen sei, ihren eigenen Mann in den Sessel zu heben! Darauf hatte der Magister Falkensammer nur geantwortet, daß er, als der fragliche Schuß fiel, direkt neben dem Stadtrat gestanden sei; erst habe er geglaubt, daß der Stadtrat – schlimm genug – Rehposten geladen hätte, aber dann... ›A hundsgewöhnlicher Schrot, weil er auf Rebhendeln paßt hat‹. Den verbluteten Rehbock hatte man erst nach zwei Tagen gefunden.
Eines abends hieß es dann ›Wie haltstas du mitn Obermayr, Gustl?‹, denn die Zwietracht duldet keine Neutralität. Vorsichtig hatte der Doktor (wider seine Überzeugung) erklärt, daß jeder von seinem Schwager denken könne, was er wolle, aber mit Schrot auf den Bock, nein, diese Untat halte er ihn nur dann für fähig, wenn wirkliche Beweise vorlägen. ›Ja glaubst denn, ich lüg?‹, hatte der Apotheker Falkensammer geschrien, ›I bin doch danebengstanden!‹. Der Doktor konnte es nicht vertragen, wenn er angebrüllt wurde, ein Wort hatte das andere ergeben, ›Deine Rede sei *jaja neinein,* alles

andere ist von übel‹ und dann war Dr. Mayrhofer mit der Obermayr-Partei allein dagesessen. Der Stammtisch war beim Teufel, die Russen schossen Raketen in den Weltraum — alles ging den Bach hinunter, einem ungewissen Ende zu. Wären da nicht die Besuche bei Frau K. und vor allem das Enkerl gewesen, der Doktor hätte noch öfter ›War eh bessa ma war nimma auf dera Wöd‹ gebrummt. Schön langsam wuchs der kleine Helmut in die Zeit großväterlicher Fürsorge hinein. Ja, dafür lohnte es sich noch zu leben, wenn auch der Kleine kein Raubersbua werden mochte, sondern fast zu still für einen Buben war. Der Teddybär, vor dem er schon beim ersten Wiegenfest Angst gehabt hatte, löste, als die zweite Kerze angezündet wurde, wieder nur ängstliches Weinen aus, das Dreirad interessierte den Kleinen noch nicht. Die Huberkinder nannten ihn einen ›Mehlwurm‹. Wohlbehütet sollte der Bub heranwachsen, Franziska würde ihm jeden Umgang mit den Lagerkindern, die ohne Windeln im Dreck spielten und schon jetzt die Anzeichen von Hilfsschule und Kriminal trugen, verbieten, sobald er es verstünde.
Bei Lichte besehen, waren diese Jahre für den Doktor noch immer eine Zeit des Wartens, denn außer dem Buben war da nicht viel, worauf er sich noch hätte freuen können. Immer häufiger spielte er mit dem Gedanken, heimzukehren nach Straßberg. Was hielt ihn denn noch in der Stadt? Das Enkerl?
Das konnte man abholen, um Schiffchen für die Große Regatta auf der Ache zu bauen. In die Ställe würde der Doktor seinen Enkel führen, ihm dort die Liebe zur Kreatur beibringen, am Bauernkriegsdenkmal, welches der Vater aus Granitfindlingen erbaut und mit einem riesigen Morgenstern aus Eisen und Beton gekrönt hatte, würden sie stehen, ein alter und ein junger Mayrhofer.

Fahr ma, Euer Gnaden?
Heit geh i wieda amal zFuß, Karli. Dank da schön!

So wurde der Doktor aus seinen Tagträumen gerissen, zurück in eine häßliche Wirklichkeit, denn die Rückkehr nach Straßberg blieb ihm ein für allemal verwehrt, das Vaterhaus war viel zu klein für beide Praxen. Anbauen? Das wäre nicht richtig gewesen, jetzt wo der Gustl alles überwunden hatte; und selbst ein Haus zu bauen gehörte sich nicht, das kam nicht in Frage. Blieb nur als Trost, daß der Doktor im Vorjahr ein Familiengrab erworben hatte und Gewißheit bestand, daß er dort, wo er nicht mehr hatte leben können, wenigstens die Ewige Ruhe finden würde, zusammen mit Toni, denn die würde er mitnehmen, ob sie nun gewollt hat oder nicht.
Magst wirklich ned mitfahrn?
Na Karli, i muaß an die Luft.
Der Doktor ging nicht in den ›Anker‹, sollten die Deppen doch sehen, wie sie ohne ihn auskämen. Allein der Gedanke an die Kartenausteilerei Schernhubers (›Wievü hat a jeda? Was, sechs hast, oje, alles retur!‹) — Gustav Mayrhofer beutelte sich ab und ging schnurstracks zu Frau K., die ihn nicht erwartet hatte. Er mußte lange unten an der Haustür stehen, bis ihm aufgetan wurde.

Karl fuhr immer öfter nach Straßberg, er hatte den entscheidenden Schritt vom Vereinsabend zum Fischwasser getan und ein Fischerbüchel erworben, das ihn zum Besitz einer Anglerausrüstung berechtigte. Wenn er auch manchmal den Rundfunkempfänger angedreht hatte, um hinaus in die Welt zu hören, so war dies doch kein richtiges Hobby (welches jeder Beamte für die Zeit nach der Pensionierung braucht); außerdem stand der Apparat jetzt in Doblers Wohnung — ›In da Miete inbegriffen‹. Die Jagd war Karl zu blutig, überdies unpassend für einen kleinen Beamten, es blieb nur das Fischen.
Damals war die obere Ache noch voller Forellen und der Verein hatte außer dem Fischwasser noch allerhand zu bieten, Abende, die ihresgleichen suchten.

Zweimal im Jahr ein Preisfischen, das mit einem Hechtessen gekrönt wurde, wo man dann nach Herzenslust über kurze und lange Vorfächer, die Vorteile der Bromley-Flucht und der Grundangel beim Welsfang, über nasse und trockene Fliegen fachsimpeln konnte. Wenn der Kassier zu vorgerückter Stunde selbstgefertigte Vierzeiler vortrug, gab es kein Halten mehr. Weil zu den Festen auch die Weiblichkeit zugelassen war, wurde dann noch getanzt. Es ging zwar gröber, aber ebenso lustig zu wie auf dem Magistratsball.

Ja, das Amt, wieviel gäbe es davon noch zu erzählen! Von Knasmüller, dessen Hochzeit die alte Herrlichkeit für Stunden wieder heraufbeschworen hatte; oder von Jelinek, der inzwischen etwas mit einer Verheirateten gehabt hatte und von einem wütenden Ehemann während der Schalterstunden so gedroschen worden war, daß die Rettung gerufen werden mußte. War das ein Aufruhr gewesen! Oje, und der arme Gruber! Der hatte nach seiner Scheidung zu saufen begonnen wie ein Loch. Gerade war er wieder auf der Kur, und es schien fraglich, ob er jemals wieder an seinen Schreibtisch zurückkehren würde. Angeblich hatte auch da der Fritzl seine Hand (oder sonstwas) im Spiel gehabt, denn die ehemalige Frau Gruber war eine aparte Person. Von Gerstl sprachen die Kollegen nur, wenn sie unter sich waren.

Ja, der Fritz...
A bissel hat er immer schon gsponnen.
Mit seine Marken!
Die teuan san eh gfälscht, hat a gsagt. Drum hat a sich kane kaufen wolln.
Aba Albums hat a sich gmacht, a ganze Stellasch voll.
Hastas du gsehn?
Freilich, i war ja a paarmal bei ihm. Bei dem hat alles blitzt.
Na, sie hat ja putzt wie narrisch!
Weils müssen hat! Wenn der wo a Körndl Staub liegen gsehn hat!
Aba auskennt hat a sie mid die Paragrafn.
Das kannst laut sagn! Ois hat der gwußt, *alles!*

Mir müßtn ihn alle amal besuchen.
Der kennt sie doch eh ned aus!
Meinst? Es hätte ohnehin keinen Zweck ihn zu besuchen, weil niemand vorgelassen wird, meinte der eine, ein anderer wollte wissen, daß Gerstl seit dem letzten Jahr jede Nacht in der Zwangsjacke verbringen müsse, weil er sogar im Schlaf Tobsuchtsanfälle bekäme. Knasmüller wiederum wußte aus sicherer Quelle (die Freundin einer Kusine seines Schwiegervaters), daß Fritz Gerstl im rückwärtigen Teil der Geschlossenen untergebracht sei, wo er kleine Lederbeutel anfertige, ein hoffnungsloser Fall ohne Aussicht auf Besserung, der jede freie Minute damit verbringe, seitenweise Papier zu bekritzeln, sein *Fälschungsbuch* nenne er den Packen; hie und da müsse er ruhiggestellt werden, wenn er sich besonders aufgeregt habe. Ruhpoldinger aber schwor Stein und Bein, daß er Gerstl auf der Wiese vor dem Tor der Anstalt gesehen habe – ›Hundertprozent!‹. In blauen Drillich gekleidet sei er dort gestanden, der Fritz, mit ein paar anderen, und habe ihm zugewinkt, bevor er wieder die Sense genommen habe. Warum hätte Ruhpoldinger (der zugegebenermaßen ein praktisches Verhältnis zur Wahrheit hatte) seine Kollegen gerade da anlügen sollen?
Karl wußte nicht, wem er glauben sollte. Wenn er spätabends vom Fischerverein heimkehrte, blickte er ein, zweimal über die Schulter und pfiff sich eins – ›So a Blödsinn!‹. Durch seine Alpträume aber geisterte Gerstls zähneknirschende Raserei, und beim Erwachen kreisten Karls Gedanken oft um die Möglichkeit, daß die Hosenträger mehr ausgehalten hätten; er schauderte nach einem dieser Blicke in den Abgrund des Menschen, der er selbst war.

XXV

Ein paarmal hatte es der Doktor schon probiert, doch sein Enkel war noch nicht zu jener Verständnisfähigkeit gereift, die man im Hinblick auf die großväterlichen Abhandlungen über Gott, die Welt und die wichtigen Tiere, die sie bewohnten, voraussetzen mußte. ›Mag nicht sitzen‹, hatte der kleine Helmut nach zwei Minuten erklärt und war davongerannt, da half nichts, ein Jahr würde wohl noch verstreichen müssen. Vielleicht wäre der Doktor in diesem letzten Abschnitt völlig trübsinnig geworden, wenn sich die Ereignisse nicht plötzlich überschlagen hätten.
Eines Tages mußte Dr. Mayrhofer mit dem ungläubigen Staunen des Mediziners, der am eigenen Leib unmißverständliche Symptome entdeckt, konstatieren, daß er beim Wasserlassen ein Brennen verspürte. Er nahm einen Schleimhautabstrich vor, siedelte eine Bakterienkultur an und bald bestand Gewißheit: Schimpfliches war passiert!
Jo, der Gustl, servus alter Freund!
So sieht man sich wieder, gell.
Hamma leicht was? Brauchma leicht an Schbezialistn?
Ojessas, i sag dir...
Zag her die Kultur, ah, a bildschöner Kavaliersschnupfn.
Red ned so dumm daher!
Samma no so aktiv, alter Freund, schauschau!
Die vielstündige Bahnreise in die Hauptstadt, wo der Kommilitone eine fachärztliche Praxis betrieb, und dessen süffisante Kommentare hatten den Doktor über die Maßen aufgebracht. Er stellte Frau K. zur Rede. Die reagierte erst verlegen, dann schnippisch und schließlich wurde sie ordinär. Ob er gemeint hätte, der einzige mit solchen Problemen in der

Stadt zu sein? Das reine Vergnügen sei es auch nicht immer gewesen und was die Großzügigkeit anbelange, naja. Da habe der Amtsrat Schernhuber ganz andere Beträge am Nachtkastl liegengelassen! So ein Tamtam wegen der paar Spritzen zu machen, wegen einem Kavaliersschnupfen! ›Is Ihna leicht ums Göd lad, fürs Benezillin? Sowas Nodiches!‹ Im Treppenhaus schrie sie ihm noch ›alter Depp‹ nach. Die ganze Woche ging der Doktor nicht aus dem Haus und trank zum Erstaunen Franziskas nicht einen Schluck Wein.

So a Schand, das überleb ich ned!
Ich kann dir gar ned sagen, wie leids mir tut, Tante Gisi!
Am liebsten tät ich mich aufhängen!
Tante Gisi! Sowas darfst ned amal denken!
Dieser Schuft! Ich laß mich scheiden! Sofort!
Schau Tante Gisi
Wenn nur alles schon vorbei wär!
Frau Gisela flennte in einer Tour (sie hatte allen Grund dazu), und Franziskas Versuche, der Tante Trost zu spenden, führten nur neue Tränenausbrüche herbei. Es war wirklich eine Schande, ein schwerer Schlag für die ganze Familie. Franziska betrachtete den Bücherschrank des Landesrats, um das vom Weinen aufgeschwemmte, zerstörte Gesicht der Tante eine Zeitlang nicht sehen zu müssen. Welcher Dämon hatte sie dorthin geführt?! Müßig strich ihre Hand die Buchrücken entlang und ausgerechnet jetzt griff sie zu, sie blätterte in *Gottschalds Namenskunde*. Und sie las, daß der berühmte F. Meyer über tausend verschiedene Zusammensetzungen des Namens gekannt haben soll, Meierhofer − Verwalter des herrschaftlichen Hauptthofes. *Meier* − auch Mair, Maier, Mayer, Meyer. *Meier*. Also doch! Der Vater hatte sie belogen, betrogen hatten sie beide, verraten war sie, gleich doppelt gemeiert! Ihre Unterlippe wölbte sich aufs Erbarmungswürdigste, und nun weinten sie beide.
Warum hat er mir das angetan!
So klagte Gisela monoton, um die Chöre, welche von ihrer

eigenen Schuld raunten, zu übertönen: Hast ihm nicht gewährt, was sein Recht war, vieles verweigert, Leichtfertige! Was wäre schon dabei gewesen, wenn, ja wenn! Warum hatte sie niemals Verdacht geschöpft, wenn der Fredi zu ungewohnter Zeit ins Revier gegangen war, ›Auf an Sprung, bin eh gleich wieder da‹? Warum war ihr seine seltsame Unruhe, wenn er zur Stunde des Zwielichts aufgebrochen war, nie verdächtig vorgekommen? Wie lang hatte er das schon getrieben? Wann hatte alles begonnen? Schon vor seinem Aufstieg in die Landesregierung hatten die Zeitungen häufig über den Stadtrat Obermayr berichtet, über den Mann, der sich nicht scheute, selbst Hand anzulegen, wenn es um Wichtiges ging. Auf der ›Stadtpolitik‹-Seite sah man den Stadtrat behelmt aus einem Kanalschacht grinsen, in der Kläranlage herumstapfen oder ins Gespräch mit den Bau-Ingenieuren vertieft. Nach Absprache mit seiner Gattin hatte der Stadtrat die Sanierung des städtischen Kanalnetzes zur vordringlichsten aller Aufgaben erklärt, seine Parole *Für eine saubere Stadt* hatte überraschend starken Widerhall in der Bevölkerung gefunden; die Parteifreunde erkannten plötzlich, daß Obermayr bisher am falschen Platz eingesetzt worden war. Der Mann hatte ja Begabung zur Praxis, Volksnähe! In den Kanälen (die Kommentare des Doktors zur Initiative seines Schwagers kann man sich denken) dürfte sich der Fall des Stadtrates angebahnt haben. Mag sein, daß ihn der Zufall — ein bauschiger Rock, der das Himmelblau, welches durchs Gitter schimmerte, einen Moment verdeckt hatte — auf die Spur seiner verborgenen Neigung gebracht hatte. Genausogut könnte ihn ein altgedienter Kanalarbeiter auf die Aussichten derer, die unter Tage Dienst tun, hingewiesen haben (ein Berufsgeheimnis preisgebend). Ob man, mit Pfarrer Gebhardt, den Teufel bemühte, oder, wie Frau Gisela es tat, die Schuld bei der Ehefrau suchte — die Katastrophe war jedenfalls passiert. Das Laster, welches niemals Befriedigung, sondern immer nur neue Reize kennt, trieb den Stadtrat dazu, den Fortschritt der Arbei-

ten plötzlich zu überwachen, bald hier, bald dort unangemeldet aufzutauchen; dann stieg er hinab, um den einen, ersehnten Blick nach oben zu tun. Wie lange er sich darauf beschränkt hatte, wußte keiner zu sagen, doch etwa zur Zeit seiner Ernennung zum Landesrat mußte ihn nach stärkerem Gift verlangt haben. Immer häufiger zog es ihn abends ins Revier, den Dr. Falk vorschiebend heuchelte er Unlust und machte sich schnaufend doch auf den Weg. Frau Giselas Argwohn schlummerte fest.
In der Dämmerung streifte der Landesrat Obermayr nicht etwa in Begleitung seines Freundes Dr. Falk durchs Feuchtholz, sondern allein durch den Stadtpark, mit dem Nachtglas bewaffnet. Er äugte nach Pärchen, die sich zu jener Zeit (als alles noch anders war) an lauen Abenden hinter den Büschen vergnügten. Einmal hatte er auf dem Heimweg den Doktor getroffen, der sich gehütet hatte, die Zusammenkunft zu erwähnen, weil er von Frau K. gekommen war. Die beiden Herren hatten es eilig gehabt, sich aneinander vorbeizudrücken, und so murmelte ein jeder etwas vom Abend, den man ausnützen müsse, solang der Flieder noch blühe.

Also, ich fahr jetz.
Pfiati.
Ka Busserl heut?
Da hast.
Was bist denn so komisch?
Ich bin gar ned komisch.
Freilich bist komisch.
Wenns mein Onkl einsperrn, da soll ich ned komisch sein?
Ja, diese Schande. Karl, nur Randfigur, suchte Zuflucht bei den Straßberger Fischern, denn Franziska war abweisend wie nie zuvor. Ständig hatte sie Kopfweh oder Spuren von Tränen im Gesicht und nahm Schlaftabletten, die ihr der Landarzt verschrieben hatte. Probleme, die man nicht versteht, kann man nicht lösen und geht ihnen besser aus dem Weg – ›wird scho wieder werden‹. Wenn Franziska später das

vertraute Knattern seines Rollers vernahm, fauchte sie noch
ein letztes *du Meier!* in den Kopfpolster und stand auf, um
ihr verheultes Gesicht mit kaltem Wasser zu waschen. Fragen
nach dem Grund hätten ihr gerade noch gefehlt.
Die Hubersippe war mäuschenstill, sie taten, als würden sie
auf einmal nicht mehr dazugehören. Nur Isolde, die warmherzige,
kam zusammen mit August, der – vom Bruder aufmerksam
bewacht – seine Schwester betreute. In Straßberg
hatten wieder die Moser das Sagen, mit ihrem Bischof.

So, alles erledigt!
Hast alles beisammen?
Ja, Gottseidank, aber hingehn tu ich ned!
Aber er muß doch alles unterschreiben, oder ned?
Ich geh ned ins Gefängnis!
Vielleicht bringt dirs mei Papsch hin.
Oder ich schick den Rechtsanwalt.
Frau Gisela hatte einen Anwalt beauftragt, ihre Scheidung
abzuwickeln. Auf Kur wollte sie unter ihrem Mädchennamen
fahren; eine Gerichtsverhandlung, sagte sie immer wieder,
wäre ihr Tod. Den Fredi, den man über kurz oder lang aus
der Untersuchungshaft entlassen würde, wollte sie nie wieder
sehen, ›Am besten wärs, wenn er lebenslänglich kriegat!‹.
Natürlich hatte wieder Dr. Falk herhalten müssen, als der
Landesrat ›auf an Sprung ins Revier schauen‹ wollte, er fuhr
seinen Wagen selber, weil ›wegen mein Privatvergnügen den
Schofför aussazuläuten, da bin ich mir zgut dafür‹. Er hatte
den Wagen hinter dem Park abgestellt und pirschte sich an
ein Pärchen heran. Zu Obermayrs Pech waren sie in diesem
– dem unzugänglichsten – Teil des Parks nicht zu dritt,
sondern zu fünft, weil der Landesrat übersehen hatte, daß
keine drei Meter neben ihm ein weiteres Schauspiel jener Art
aufgeführt wurde (Ferngläser machen für die nächste Umgebung
blind). Obermayr entledigte sich gerade der Jacke, ihm
war heiß geworden, da stand ein baumlanger Kerl wie aus
dem Boden gewachsen vor ihm und machte Miene, über den

tödlich Erschrockenen herzufallen — ›Woat du Sau, dia zag is!‹ Statt das einzig Richtige zu tun, nämlich davonzulaufen, stand Obermayr in panischer Lähmung da, eine Sekunde vielleicht, in welcher die Gedanken übereinanderfallen, während der Körper keine Energie bekommt. Der Bann verflog erst, als ihn die Hände des Rasenden schon umspannten und er gebeutelt wurde, daß ihm Hören und Sehen verging. Der andere, der jeden Tag schwere Bierfässer rollen mußte, war stärker, ein ungleicher Kampf entbrannte. Die kaum bekleidete Freundin des Bierführers wurde angewiesen: ›Geh hintan Bam, Mitzi!‹, damit sie die Szene nicht mitansehen müßte.
›Do host Oane, nu Oane, daßt woaßt wos sie ghert, du Saubär!‹. Der Wüterich hatte vor, den Störenfried ordentlich zu dreschen, doch in Obermayers Kopf gellten Sirenen, rotierten Blaulichter; der Gedanke an die Polizei brachte ihn völlig um den Verstand, und er ließ sein Fernglas auf den Schädel des Angreifers niedersaußen, nocheinmal, bis der in die Knie ging, dabei die Beine seines schmächtigen Gegners zu fassen bekam. Zweimal entfloh der Landesrat dem fesselnden Griff, zweimal wurde er wieder geschnappt und festgehalten, obwohl dem anderen das Blut von der Stirn troff. Die Zeugin vernahm nur Gekeuch, das trockene Knallen der Schläge, Fluchen, denn Obermayr kämpfte mit allen Mitteln; sie bekams mit der Angst und rannte davon, um die Polizei herzuholen. Das trug ihr nachher eine Ohrfeige des Verlobten ein, der mit der Exekutive schon öfter zu tun gehabt hatte. Bei seiner ersten Einvernahme sagte er aus, er habe den Sittenstrolch just in dem Moment erwischt, als der an sich selbst eindeutige Handlungen vornehmen wollte.
Obermayr erwartete seinen Schwager in tadelloser Haltung, die Verlegenheit war auf seiten des Doktors, als er einen Händedruck mit dem Untersuchungshäftling austauschte, männlich und ernst.
Und Gisela?
Es war keine richtige Frage, ein hoffnungsloser Augenauf-

schlag, den ein Kopfbeuteln des Doktors erledigte. Dr. Mayrhofer war nicht nur als Sachwalter seiner Schwester gekommen, sondern vertrat eine Reihe Betroffener, die sich allesamt genierten, einem Sexualverbrecher in die Augen zu sehen. Ein Packen ward hinübergereicht – Amtsverzicht, Antrag auf Frühpensionierung, Parteiaustrittserklärung, Rechtsvollmachten, und was es sonst noch gab. Die Unterschrift Obermayrs verhalf dürren Worten auf den Formularen zur Rechtskraft, er las nichteinmal, was er unterschrieb, und der Doktor konnte viel früher als erhofft wieder gehen. Das ›für immer‹ des Abschieds brauchte nicht ausgesprochen zu werden. Vorher aber reichte der Doktor noch die ›confessiones‹ des Hl. Augustinus durchs Fensterchen, nach deren Trost es Obermayr in der letzten Nacht seiner Gefangenschaft verlangt hatte.

XXVI

Und wer is der?
Wer denn?
Der Mann da!
Das is der Dings, der Josef.
Von der Maria?
Nanaa, das is der Josef von Aritmetea.
Auweh! Franziska hatte sich beim Zusammenklappen des Bügelbretts die Finger eingeklemmt – ›Aha, die Eizwickautomatik‹, sagte ihr Vater, ›Wo bleibt denn da Karli? I hab an Hunger.‹ Karl hätte längst zurück sein sollen, aber wenn ihn der Dobler, die alte Ratschn, einmal in der Arbeit hatte, oje: In Amerika ist alles besser, in Amerika hat jede Stadt fünf Radiosender, in Amerika hat jeder zwei Autos und die sind doppelt so groß wie die unsrigen, in Amerika haben die Geschäfte die ganze Nacht auf, zu was denn? Franziska war ärgerlich, dieser Depp mit seinem Scheißamerika! Wegen dem kletterte der Karli vielleicht gerade auf dem Dach herum, weil sie eine Antenne spannen wollten. Nie war er daheim, entweder er fuhr nach Straßberg oder er ging zum Dobler Radiohören. Wenn man wenigstens was Gescheites gehört hätte, eine Musik, aber nein! Nichts als Brummen, Pfeifen und Heulen! Mit der Antenne, hatte Karl versprochen, würden sie sogar einen Sender aus Philadelphia hereinbekommen, im Neunzehnmeter-Band, einen Drehkondensator zum Trimmen zwischen Antenne und Radio und fertig. Ach, Dobler hatte Heimweh nach Amerika, nach Großzügigkeit! Das waren richtige Städte da drüben, mit breiten Boulevards, eingesäumt von parkenden Straßenkreuzern, Chrom und Neonre-

klame. Und eine Sprache, die vor Unternehmungsgeist vibrierte! Ja, die Sprache der Leute hier hatte ihm die alte Heimat fremd gemacht. Kein Hochdeutsch, kein richtiger Dialekt — eine Unsprache, die nichts von der melodischen Lässigkeit der Hauptstadt hatte. Die rauhere Tonart des Landes, die kraftvollen *oa* der Umgebung verschmolzen hier in der Stadt zu undeutlichen *a,* und diese saugenden Zahnlaute, Pfui Teufel! Fremde Sprache, fremde Heimat — obwohl Dobler wußte, daß manchen Kunden sein Geknödel zuwider war, behielt er es bei. Diese Provinzler! Keine Ahnung von der Welt, aber dumm daherreden, wenn die sich selbst manchmal hören könnten! Daß ihn viele für einen Juden hielten, störte Ferdinand Dobler nicht besonders.

Papsch, rufst bitte du amal an?
Bein Krautschädel?
Der Karli kommt wieder ned daher.
Was hat denn der für a Nummer?
Schau halt nach.
Bei Dobler hob niemand ab. ›Werns den Radio wieder so laut aufdreht ham, daß das Läuten ned hörn‹. Franziskas Unmut wuchs, während sie für das Abendessen aufdeckte: vier Bretteln, Bierkrug und Weinglas, denn nach der Katechismusstunde blieb der Doktor an Ort und Stelle. ›Dauernd passiert was!‹ Hätte früher einer behauptet, der Onkel Fredi ginge mit dem Fernglas in den Stadtpark, ausgelacht hätte sie den, oder sie wäre böse geworden. Wenigstens war er jetzt fort, weg, gleich nach der Verhandlung, ohne eine Adresse zu hinterlassen, obwohl er sich einmal in der Woche am Polizeirevier hätte melden müssen. Bringt einem die Polizei ins Haus, als ob wir wüßten, wo er hin ist! So eine Frechheit! Wenigstens die Huberischen ließen sich nicht mehr blicken, seit die Isolde schwanger war, diese Gfrieser! Nichteinmal vierzehn Tage hatten sie die arme Tante Gisela behalten, wenn der Papsch nicht gewesen wär...

Mit dem Vater wars auch schon leichter gewesen, der ging nicht mehr aus dem Haus seit der Sache mit dem Schernhuber, verklagen hätt er ihn sollen! Nach der Arbeit blätterte er lustlos in den ›Veterinärsnachrichten‹, dann holte er zum hundertstenmal diesen altmodischen Katechismus heraus, statt dem Buben ein Märchen vorzulesen oder die Mickimaus. Wann waren sie zum letztenmal im Kino gewesen? Das war schon gar nimmer wahr! Weil er lieber zu diesen Bauerndeppen geht, der Karli, obwohl sie ihn dauernd pflanzen: ›Hast an Gucker dabei, Koal?‹, in den Boden hätte sie versinken können, nein, zu so einem blöden Hechtessen, nie wieder würde sie mitgehen, allein wegen der Gräten! Jetz kommt er scho wieder ned daher. Na, wenigstens die Huberischen... Franziska nickte grimmig.
Soo klein sins aufeinmal worden, die Herrschaftn, gar nix mehr wollens von der Stadt wissn, die warten, bis die ganze Sach vergessen is – da könnens lang warten! Außerdem hams andere Sorgn, die Tant Katharina mit ihre drei Madl daheim und der Toni is auf und davon, nach Hamburg, und der Lois machts auch nimmer lang mit seiner Lebazerrose. Der Onkl Gusti is nurmehr im Wirtshaus und was sagt sei Frau dazu? ›Hat eh recht‹, sagts, ›was soll er denn immer tun, daheim?‹ Blede Kua!
Verfangt sich der Scheißrock auch noch in der Kettn! Wütend schob Franziska ihr Fahrrad die letzten paar Meter. Schön is worden, das Haus, mir hättn damals einziehn solln, jetz is zspät, der Krautschädl geht da nimmer raus und ein bisserl mehr zahln könnt er auch, wo er jetzt das ganze Haus in Pacht hat.
Karli!
Franziska läutete Sturm, aber keiner kam an die Tür. Da oben brennt doch ein Licht?!
Kaarlii!
Herr Doobler!
Da is gar ned zugsperrt. Sie tastete nach dem Lichtschalter, vorsichtig, um nicht alles herunterzuschmeißen, was der Kar-

li aufgehängt hatte. Warum geht denns Licht ned? Hoitaus, da rutschts ja, was hams denn da ausgschütt?
Kaarlii!!
Vielleicht sins rauschig und wolln sich einen Spaß machen, na wart! Das schaut dem Dobler ähnlich und der Karli sauft sowieso zuviel, seit er bei die Fischer is.
Auweh!
Franziska hatte sich den Kopf an der Kellertür gestoßen. Wenigstens da unten ist ein Licht.
Karli?
Pumm!
Franziska fuhr zusammen. Die Haustür ist zugfalln. Zieht ja wie in an Voglhäusl. Die andere geht ned zu, weil was klemmt. Wird ihnen doch nix passiert sei.
Karli?
Marandjosef!
Das Flennen schnürte ihr die Kehle zu. Wärst ned aufigstieng, wärst ned obigfoin. Warens auf dem Dach?
Kein Schrei kam, nur ein spitziges Kieksen. A Hand, a Hand, nur a Hand! Kellertür auf, daßma was siecht, Bluat, Bluat.
Renn doch davon!
Na, renn zum Telefon!
Wo is des?
Franziska stolperte in die Gemüsehandlung. Krautschädln, ausgrechnet, und Bananen und da is da Apparat.
Puschtarara
Grad jetz? Franziska hörte Pauken, Zimbeln, die Tuba.
Puschtarara
Der erste Schlag hatte sie an der Schläfe gestreift, der zweite brach ihr das Schlüsselbein; die Axt drang tief in ihre Schulter.
Meingott, so a Varreckal, der kann mir doch nix tan haben!
Der Mann im blauen Drillich zerrte am Stiel, um die Axt freizubekommen, denn hier mußte ein dritter Schlag her. Franziska wurde halb herumgedreht, so a Varreckal!
Puschtarara Puschtarara Pumm Pumm Pumm

Und die Musik wird noch eine Zeitlang weitergespielt haben, während Gerstl auf den verzuckenden Körper einhackte, sich das Blut aus den Augen wischte. So a Oabeid — waumas nua olle dawischt ist recht — daun wiad zaumgramt — alles in den Keller, marschmarsch — zum Koal — Köllakoal — daun sauba aufgschlicht — wegen da Hausordnung — Paragraph zwei Absatz eins — das Lagern von Abfällen aller Art auf den Gängen ist verboten — es ist unstatthaft brennbare Materialien im Keller aufzubewahren — ditto am Dachboden — den aundan muaßi ma no zaumsuachn — öha des is jo die Zigeinarin — Aufoamal so blond mein Fräulein — wie is denn der werte Name — Margarete vielleicht — hoaßma vielleicht Margarete — eischreim ned vagessn — sBüachal hättma jo dabei — tua ma sche oisaund eischreim — warum machns ihna denn so schwer Fräun Margarete — jedn Tag a neuche Plag — Bumsti — lassens doch sKopferl ned so hängen — hauns ihnas jo au — das hauma glei — sin jo olle vom Fach — gö, doschauher — samma scho do — neuerlich Fälschung aufgedeckt — so werns morng wieda schreim — jo wenns mi ned hädn

Jetzt kommt dFranzi aa nimmer daher — da Keisa schickt Soidotn aus. Nachdenklich schaute der Doktor auf seine Uhr. Vielleicht hams was zum Feiern, aber warum geht dann ka Mensch an den Awarat?
Der Doktor vergewisserte sich, daß der Kleine gut zugedeckt war — ›Jetz kriagst bald a Kusine, wauns a Mäderl wird! Der Gustl! In sein Alter ... na des wird schön ausschaun, des Kind, bei die Eltern!
Er goß sich noch ein Achtel ein. Vielleicht is no was im Radio. D Schandamarie fahrt aa no, ka Wunder, daß nie an dawischen, wenns so an Krawall machen.
Der Doktor schlief am Tisch ein, der abnehmende Mond vergoß sein mildes Licht über Stadt und Land.